THIS WORLD

SOMEONE IS

SNEAKING AROUND

LOVING YOU

小容姑娘 著

这个世界有人在偷偷爱着你

民主与建设出版社
·北京·

©民主与建设出版社，2024

图书在版编目(CIP)数据

这个世界有人在偷偷爱着你 / 小容姑娘著. -- 北京：民主与建设出版社，2017.6（2024.6重印）

ISBN 978-7-5139-1524-3

Ⅰ.①这… Ⅱ.①小… Ⅲ.①散文集 - 中国 - 当代

Ⅳ.①I267

中国版本图书馆CIP数据核字（2017）第100367号

这个世界有人在偷偷爱着你

ZHE GE SHI JIE YOU REN ZAI TOU TOU AI ZHE NI

著　　者	小容姑娘
责任编辑	刘树民
出版发行	民主与建设出版社有限责任公司
电　　话	（010）59417747　59419778
社　　址	北京市海淀区西三环中路10号望海楼E座7层
邮　　编	100142
印　　刷	三河市同力彩印有限公司
版　　次	2017年10月第1版
印　　次	2024年6月第2次印刷
开　　本	880mm×1230mm　1/32
印　　张	6
字　　数	170千字
书　　号	ISBN 978-7-5139-1524-3
定　　价	48.00 元

注：如有印、装质量问题，请与出版社联系。

这个世界有人在偷偷爱着你

CONTENTS 目录

去做想做的，不要留下遗憾

CHAPTER02
请低调，谁的成功不曾努力拼搏

CHAPTER03
要相信，有个人一直在偷偷爱你

\CHAPTER04
莫辜负，所有不期而遇的小温暖
\

别抱怨，

谁的成长不是磕磕绊绊

世界上最幸福的事之一，莫过于经过一番努力后，所有东西正慢慢变成你想要的样子。生活的理想，是为了理想的生活！没有命中注定的结局，只有不够努力的过程。沧海桑田，我心不惊，安稳自然。

不甘示弱的你终会成功

1

大学期间，进了一家教育实习单位。

刚进这个单位的时候，心里多少有些不满意。脏乱的环境，电梯里充满了油漆的味道。曾经好几次在心里打起了退堂鼓，想要快快结束实习期，离开这个公司。

但是时间长了，我发现自己越来越不想离开这里，并不是因为，已经对这里的一切习以为常，或是一些其他原因。而是一件事情深深触动了我。

很平常的一个早晨，我提前半个小时，来到了公司。原本心里多少是有点儿优越感的，心里暗自庆幸"像我这么勤奋的员工已经不多了吧"。但事实给了我一记重重的耳光。

刚刚坐在工位上，我就发现公司过道的拐角处大家在开会。旁边沙发上还有被子和褥子。看样子，是有的员工晚上加班不回家，住在了公司里。

其中有个瘦瘦高高的主管给大家看会时说的一句话，深深触动了我，他说："同是一个肩膀扛一个脑袋，我们不比别人差！"

是啊，虽然人与人之间有颜值高与低之分，但是都是同样的一个肩膀，顶着同样的一个脑袋，我们凭什么要比别人差？

2

白岩松，大家都不陌生，他说过一句话："只要努力，命运总会来敲门。"

白岩松大学毕业时，正赶上大学生自主择业。要想找到一份合适的工作，除了自己的才学和实力，最重要的是拼爹。自己的父母都远在农村，他只能靠自己。他相信生活中有B面，但他更相信生活中也有A面。

于是，他第一份实习单位是选择了国际广播电台，后来因为这个单位不招收中文编辑的实习生，所以，白岩松落选了，后来，一次偶然机会，中央人民广播电台给他发了聘用书，但是职位不是他最爱的主持人，而是一个报纸编辑。但是，白岩松从始至终都没有抱怨过，而是凭借着自己的努力逐渐在岗位上崭露头角，最后成功地成为自己向往的主持人。

"只要努力，命运总会来敲门。

重要的是，你是否听得到，是否已经准备好"。这是白岩松在接受《中国青年报》记者采访时说的最多的一句话。

白岩松没有可以拼的"爹"，从未因为工作升迁等事请过客、送过礼。可是，白岩松成功了。他的成功也再次证明了这句话：只要努力，命运总会来敲门。

3

心理学上有个公式，自尊（自信）=成就/期望。

显而易见，逐步提升成就是提升自信的有效方式。人生诀窍在于突破自我，一步步积累小的成就，从而提升自信，形成良性的向上螺旋。找个要改变的方向，一点点儿自我超越吧，唯有锻炼，肌肉才能更强健。习惯逃避，能力必然变萎缩。

有些事，没有试过，我们就不要给自己平白无故的画一条停止线，故步自封。行还是不行，不在于事前我们说得多么绝对，而是当你的双足踏在前进的路上时，你才能从中去感受去体会。

该发生的总会发生，该来的总是会来。有时候自己也很怜悯现在的自己，也多么希望自己在这座城市，不再每天为了一次挤不上的公交或错过一趟地铁而烦恼不安；不再拼命地赶着功课复习到凌晨才睡，第二天跑去教室没精打采地翻着课本；不再为了一次晚点的迟到而被上司批评，导致午餐都没有了想去吃的心情。

似乎这一切都会让你觉得生活不易。但亲爱的这一切都会过去，因为你还有着一颗不甘示弱的心。

既然我们都有一个肩膀一个脑袋，又有什么理由不相信自己呢？

我和你一样，都是容易害怕的人。好多事我们以为是退一步海阔天空，可是退的次数太多，就把什么都退没了。你那么怕输，等你只会是苦果，与其每天担心未来，不如努力现在。别对读书丧失信心，成长的路上，只有奋斗才能给你最大的安全感。

为自己的目标努力着，全身心投入一件事情的时候，就不再整天想睡懒觉，不再熬夜看偶像，也不用刻意去想怎样好好生活，删掉那些原以为离不开的东西，然后觉得，这才是生活原本的样子啊。

从黑暗的缝隙中寻找阳光

1

曾看过一则逸闻，说的是惊悚大师希区柯克。他童年时是一个调皮小孩，总缠着父亲，而父亲要去工作，不方便带他。有一天，父亲被缠到快崩溃了，就给了他一封信，让他拿着这封信去交给当地的警察局局长。

警察局局长看了信之后，二话不说，把小希区柯克关进了一间黑屋子，一个小时之后才把他放出来。

那一个小时成为希区柯克无法磨灭的记忆，甚至影响了他的性格和人生。后来他成为悬念片大师，与此不无关系。

80岁生日时，他说，他最想收到的礼物是一个包装精美的惊悚。

也许，当年他父亲的那封信正合此意。那封信上写着：警察先生，请将这个小男孩关一个小时禁闭。

父亲此举也许只是当作对难缠小孩的恶作剧，带一点惩罚性质的恶作剧，就是要吓一吓他，让他乖一点。

然而，后果会怎样，谁也无法控制。孩子毫发无损地回来，但回来的不再是之前那个孩子，因为他经历了生命中最黑暗的一个小时。

如果说希区柯克后来成为大师，是一个喜剧性结果，那么，多数人最后却是沉甸甸的悲剧。

2

一直记得若干年前的一天，我给我所在的杂志社开通的一部热线电话值班。一位女性读者打来电话，讲到对死亡的强烈恐惧。我有些不解，她才二十多岁，身体健康，风华正茂，为什么总担心某天意外离世？

于是她给我讲了她遇到的几次意外，每次都差点死于非命：游泳溺水，出门车祸，重病。

后面发生的几件事都带着偶发性，而她记忆中最早的一次与死亡直面，才是恐惧的真正原因。

那时，她五六岁，不小心摔坏了家里的收音机。父亲非常生气，收音机当时在普通家庭里是很值钱的财产，据她父亲说，是用一块祖传银圆换回来的。为了惩罚她，父亲就将她倒提着，作势要把她往屋外的茅坑里扔。

"看你以后拿东西时小不小心！"父亲一边吼一边把她往茅坑里杵。当时是冬天，她穿着有背带的棉裤，父亲拎着她后背上的背带。本来只是吓吓她，但是她在惊恐中挣扎着，突然有一根背带的扣子脱落了，她的半边身子溜出去，眼看着就要掉进茅坑了。父亲赶紧用另一手揽住她，把她提了起来。这时，她离茅坑只有几厘米距离。

她说，一辈子都记得当时的情景，想忘都忘不了。如果当时真的掉下去了，会怎样？总是会这样想。就像现在总在想，如果真的淹死了，真的被车撞死了，真的病死了，会怎样？

成人后这种对死亡的强迫性思维，和那个幼年事件有密不可分的关系。她始终被一股悲伤绝望的气氛笼罩着，喘不过气来。

那几分钟，是她生命中最黑暗的几分钟。

3

有一个人给我讲了他的童年经历：他一直努力做乖小孩，就是为了不让父母生气，这样一家人才会安安静静。

可是大人的世界有小孩不懂的纷争，那天妈妈威胁爸爸，说如果他敢走出家门，她就马上勒死孩子。她把绳子都拿出来了，爸爸还是抬脚走了。

于是他的噩梦开始了。妈妈把他拖到面前，拿着绳子对着他比画了一个多小时。他又惊又惧，大哭不止，最后还尿了裤子。

妈妈并没有真正下手，但手一直在孩子的脖子那里比画，像个疯子。

他长大后明白，妈妈是想让爸爸回来，看到这一幕，然后过来阻止。可是爸爸没有回来。

那一个多小时，是他生命中最黑暗的一段时间。那时他才上小学三年级。

还有比这个更暴虐的。一对年轻父母吵架，互相指责对方不忠，然后又拿着刀子赌咒发誓，最后竟然真的砍下了自己的手指。

一地的鲜血、指头，定格在那个孩子的记忆里。

试想，孩子从小看到的是父母的争吵、怀疑以及暴力，后来的他会怎么样？

4

听了他们的故事，我想起小时候的一段记忆，也与父母有关，与恐惧有关。

当时，家里养了春蚕，极小的二龄蚕，团在一张圆圆的竹簸箕里，放在我的房间里。那天我们出门，上学的上学，做工的做工。按说应该把房门关好，偏偏就是没关好。也不知道责任在谁身上，因为房间除了我住，父母也放了农具在里面，谁是最后一个出来的，谁也不知道。

然后，我们家的鸡就溜了进去，把一箕的蚕吃了一半。

晚上，爸爸妈妈回家，看到惨景。这关乎一季春蚕的收成，他们互相指责，吵闹，还动了手。我们几个孩子站在一边，个个噤若寒蝉。

妈妈哭着说，要不是这几个孩子看着，我今天就死了算了。我吓得大哭起来，跪在母亲面前，求她不要死。

我记得当时内心满满的恐惧，哭得很伤心，又觉得很丢脸。那个黄昏，在我记忆里就如世界末日一般，以前父母给我建立的安全感顿时消失殆尽。

成年后的我，对别人吵架特别敏感，尤其同情父母吵架时那个站在一边发呆的孩子。因为从他们身上，我看到了当年的自己。

5

类似经历在我的好友身上也有过。

她告诉我，她还在上小学时，父母开始闹离婚，经常吵架。她烦不胜烦，只好躲到学校，早早开始了住校生涯。

现在的她十分能干、独立，但她苦笑着告诉我，她之所以能干，是因为母亲什么都不会做，自己七八岁就开始做饭，10岁开始学织毛衣，自然而然就变得能干了。

同样，她的性格非常温和圆润，很少和人起冲突，总在朋友中充当知心大姐的角色。她说，那是因为目睹过父母争吵之后，就总在想，人和人为什么不能好好相处，互相敬重，温柔相待。

从她身上，我看到了任何事情的两面性。

也许，我们都经历过长长短短的黑暗时刻，如果自己没有能力让那个时间停摆，那个时刻的钟摆就会成为我们头脑里的噪音。每个人的记忆里，都会有一块浓重的墨块，如果没有办法让那个墨块变淡，而任其蔓延，最后，它会成为一团笼罩在心灵天空的巨大阴影。

只有像我朋友这样，能从钟摆声中听到另外的提醒，能从黑暗的缝隙中寻找阳光，成长为一个足够优秀足够有能力的人。她用自己的力量，救出了当年那个无力自救的小孩。

世上大概有两种人，"一种人毕生致力于拥有，另一种人毕生致力于有所作为。"一心渴望拥有，一旦没有达到目的，就会失落、痛苦和绝望。心无旁骛，专心于事业的追求，就会忘掉许多烦恼，找到许多努力过程中的快乐。默默耕耘的人其实是最智慧的人。

忙的时候虽然累，但是忙完了会特别畅快舒服；闲的时候虽然爽，但是闲的时间长了心就慌了。你迷茫的原因往往只有一个，那就是在本该拼命去努力的年纪，想得太多，做得太少。

绝望，谁没遇见过，没什么大不了

1

加班到很晚，回家挤地铁的时候刷朋友圈，刷到了一个读者发的一大段话。

唱歌回来路过自习室的时候看到灯火通明，好多人还在伏案苦读的样子莫名心酸，我也曾经跟他们一样不知疲倦，因为有目标有信心，我也以为努力了就会有回报，图里的笔记加习题你们不用跟我说少，那是我一周的练习量，我熬了多久的夜，挣扎着六点起，我以为把我能做的都尽力做了就一定可以。随便你们嘲笑吧反正结局就是这样，我没有做完，连平时最差的状态都没达到，交卷出来整个人是瘫的，就像忽然被关起来然后告诉你别想着出去了。

失去信心失去希望真的很可怕，我现在就处于这种游离状态，我害怕独处开始尽力营造出很热闹的气氛，可是一闭眼就想到那些，不用跟我说，不就是一次没考上吗，又不是没机会了，反正我就是这么不坚强，就是难过到快爆炸就是经不起一点点打击。

是的，我不知道回复她什么。

想了很久，还是决定写点什么。

你说一辈子这么长，总会遇见绝望处。

2

我们高考完那天是六月八号。那天太阳火辣辣的，晒在脸上都有点疼，四处看上去都明晃晃的，好像所有的小心思都摆上了台面。高考那段时间，我一直在失眠，整夜整夜地睡不着，可是又特怕自己考试精神不好，压力很大，晚上一直闭着眼睛，什么都不敢想，不知不觉到流眼泪，爬起来看了一眼表，已经五点了，又是一夜没睡，只能自己欺骗自己，我已经睡醒了。

文综考完，对答案的时候，我就知道完蛋了。背面的选做题我没填答题卡，我清楚地知道，那是60分的大题。我不敢哭，呆愣愣地站在那，闺蜜问我怎么了，我只是淡淡地说，没事，午饭没吃饱，有点饿。

"呜呜呜"我转过头去，看到是隔壁班女生哭得稀里哗啦，旁边围了一圈人。

"别哭了，没事的，大家都没考好，别担心啊。"七嘴八舌的声音从四面八方传来。

她抬起来，是一张满是泪痕的脸。

这个世界上从来没有感同身受，所以大家能轻而易举地说出，不就一次没考好吗又不是没机会了。我知道她哭的原因，是那些咬牙苦撑的时光在嘲笑自己，你根本不配有更好的未来，如鲠在喉，却吐不出苦水。绝望啊，当然有，有太多人根本没有选择重来一次的机会，他们如果输了一次，就再也不能翻盘了。一招棋错，满盘皆输。

3

我年轻的时候喜欢过一个人，掏心掏肺的那种。我天真地以为，只要对他好，他就一定会发现我的好。

那时候大冬天，我起一大早去给他买早饭，包子油条豆浆，怕他吃不惯，每个味道的都买了一个。送到他们楼下，亲手递到他手上。他起的晚，我每次都提前去教室给他占座位。他不想写英语专业习题，我登陆他的账号密码，写着完全和我不相关的英语论文。他说他喜欢我，却总是在外人面前说自己单身可撩。

有一次他带我去他家，突然他有个亲戚要过来，他让我躲在卧室别出来，免得被发现了。我走的时候，他说，地上没掉你头发吧。

我们一起坐地铁，他突然问我，刘恺威老婆是谁，我愣了一下，然后说，"好像是杨幂吧"

他得意地和我说，刚刚他发了张自拍在朋友圈，有个妹子评论说，真像刘恺威。他就跟着回复，你也很像杨幂。

闺蜜对我说，他连敷衍你一下都不愿意啊，你觉得他有一点点爱你吗？都说攒足了失望就离开，我不断地骗自己，没事，再给他一次机会，再给自己一次机会。

人真是一种奇怪的动物，明明心里清楚一切，却还是会选择骗自己，看见一点点星光就误以为是太阳，明明只是好感却误以为是爱情，期待太多却害怕失望。

那是我第一次喜欢一个人，我把我所有炙热的感情，毫不犹豫地掏出来，亲手递给他，最后他还是轻而易举地放弃了我。

我像是被丢在了荒无人烟的寒冬里，我想大声呼救，想歇斯底里地大哭，想撒泼打滚，可是我只能咬住嘴唇，看着他说，希望以后你能遇到更好的人。

4

我现在很难喜欢上一个人，总害怕他会放弃我，毕竟我拥有的爱太少。我也在想自己为什么会那么喜欢上文中的他，对我并不好，语气没有温柔，目光从未放在我身上。到底是那一刻心里的哪根弦开始拨动的呢？

有天我们部门拍微电影，中午为了方便就点了外卖，我的那份米饭没吃饭，他二话不说就直接拿过去开吃。

那一瞬间，像极了我妈吃不完剩饭直接甩给我爸的情景，那天阳光很暖，微风拂面，他扬起的嘴角特像我爸一边嘴上嫌弃着，一边笑眯眯地接过我妈的饭碗的样子。

我爸妈离婚的时候，我觉得自己被全世界抛弃了，所以抓住一点往日时光的缩影，就以为那是爱了。

很多人跟我说，安安，我觉得你太孤独了。是啊，笑的最大声的那个人不一定最开心，人群里最活跃的那个人不一定最快乐，故意露出坚强面孔的人说不定是死撑。不过人人生而孤独，我也没什么特殊。

5

讲讲很久之前，我的一个听众吧。

她总是在凌晨两三点钟给我打电话，她声音弱弱地，总让我想起春天里小猫伸出的小爪子。我从来没问过她为什么这么晚给我打电话，她也不曾主动说过，但她会问很多关于大学的问题。

我会和她分享，宿舍里的小插曲，学生会里各种各样的活动，隔壁学院的帅气学长，迎新晚会的时候轰动全场的表白。她也会和我说很多，关于的她的家庭，她的爸爸妈妈。

我们最后一次聊天，是一个大冬天，她说的内容就像当时的天气一样，寒彻入骨。

她说，我很喜欢你的声音，谢谢你陪我这么久。遇见你真好，可是我都没见过你的样子，我得了癌症，估计只有两三个月了，爸妈每天都表现得很开心，可是我知道，他们一直在偷偷地哭。为了不让他们担心，我也只能假装高兴。现在我才发现，这个世界太美好了，我一点都不想走，我都没有上过大学，我舍不得我爸妈……

我已经忘记了当时的大部分内容，听她说完，我沉默了很久很久，甚至连她什么时候挂断我都不知道。

我只知道，在那以后，我更加努力，想要的东西就去争取，想守护谁就努力变强。

余生啊，说长不长，说短不短。绝望，谁没遇见过，也没什么大不了。

任何人与事的成功都无法一蹴而就，每一阶段的抵达，身后都是一步一个脚印的积累。只要不急不躁，耐心努力，保持对新事物新领域探索的好奇，就是行进在成为更好自己的路上。慢慢来，请别急，生活终将为你备好所有的答案。

面对一块石头，你若把它背在背上，它就会成为一种负担，你若把它垫在脚下，它就成为你进步的阶梯；生命给你一块木头，你可以去选择慢慢腐烂，也可以选择熊熊燃烧。生活的好多意义，在于曾经憧憬过什么。人生的好多意义，不在于获得什么，而在于曾经渴望过什么，追求无悔，努力无憾。

跨过艰难才会懂得生活的意义

成功的花，人们只惊羡她现时的明艳！然而当初她的芽儿，浸透了奋斗的泪泉，洒遍了牺牲的血雨。

——冰心

一直很喜欢冰心的这首小诗，每每想起，总带给我一种感动，一种力量，一种克服困难追求成功的勇气。

真的，成功不是那么简单，在明艳的现实后面，有多少人能懂得别人在成功之前所经历的苦涩与艰难。

每朵成功的花都需要奋斗的泪泉做养分，需要牺牲的血雨来浇灌。成功的过程也是一个人成长的过程，在我们每个人成长的道路上总是风雨相伴。

风雨的成长道路上充满坎坷，遍布艰难，行走于其间的我们，可能会被泥泞绊住脚步，可能会被风雨迷蒙了双眼，但是为了成功，需要我们有这样的意志，有这样的勇气与豪情去沐浴风雨，走过人生的艰难。

记得小时候家里养鸡，没到小鸡要孵出来的时候，我便蹲在鸡蛋旁边看，母亲告诉我，里面的小鸡开始啄壳了。

我有幸看见一只小鸡从密封的蛋壳里出来的过程，每一步都如此的艰难，每一次都好像要用尽全部的力气才能啄碎那么一小块蛋壳。刚出来的小鸡身上稀稀拉拉长着几根毛湿漉漉的非常难看。然而很奇怪的是，第二天见到它们的时候，它们不再那么难看了，甚至可以说是可爱。全身不再是光秃秃的，长满了毛，圆圆的，眼睛黑黑的打转，一边走一遍叽叽喳喳地叫着，充满了生机与活力。我感叹于它为什么一夜之间完成了如此华丽的变身。

突然间我有个奇妙的想法，让小鸡自己啄蛋壳太慢，对于如此年轻脆弱的生命太辛苦，要是我为它们把蛋壳打开，把它直接从蛋壳拉出来会不会好一点？

于是我便悄悄地替一个正啄蛋壳的小鸡剥开了蛋壳，并在腿上用线做了标记。后来我才知道小时候这么想这么干的人不只我一个。

小鸡出生后，每天我都观察我的"杰作"，但我发现这只小鸡有气无力，走路缓慢，还经常被其他小鸡挤踏。有一天竟然发现这只小鸡死在了一个墙角，我为我犯了这样一个错误而感到一种罪恶，一种深深的自责。

随着年龄的增长，我终于明白了那个简单的道理。其实人生也是这样，生命中那些至关重要的关口，必须得依靠自己的力量去啄破命运的蛋壳。

这是一个积蓄能量和磨炼意志的过程，假如走了捷径，成长的过程便会出现缺口，这也许就会成为日后生命的弱点。也就是说有些成长，有些风雨，有些经历必须自己去体验，去尝试；有些痛苦，有些艰难，有些泥泞必须自己去克服。况且大多数人的生命是没有那样的条件与机会去走捷径的。

由此，我又想到另一幕情景。在我儿时的窗台前面有一片空地，空地上长满了小草，茂盛青翠。后来家里盖房需要石头，这块空地便成了堆积石头的最佳场所，就在一天之内，地上的青翠茂密不复存在，只剩下一堆冰冷的石头。

一个月以后，这里的石头搬光用完了，那片地又空了出来，只是那里早已没有了小草，只剩下些破碎的石渣残块，一片荒凉，原先的那些草只剩下粗糙的根。我想这里再也长不出那样茂盛的绿色了吧，有那么多石块压在上面。

就这样的情形继续着，日子一天天过去。转眼一个冬天过去，第二年春天的时候，不经意间看见石块下面的草根上发出了嫩黄的芽，我认为它们是长不出来的，压在上面的石块那么多，没抱多大希望也没有怎么在意。

可是令我惊奇的是两个星期后我打开窗子，映入我眼帘的是一片绿色，就是那片被我忽略的空地上竟然是一片绿色，原先覆盖在它们身上的石块已经被草覆盖，还是一样的青翠茂盛。我惊叹于它的自强和坚韧。于草来说，这应该是最恶劣的环境了吧。石头的夹缝间，更没有丰厚的土壤。而它，没有萎蔫，也没有消失，鲜嫩的叶子正昭示着它蓬勃的生命力。

以上两个曾经的经历在我的记忆中永不抹去，历久弥新。在我成长的过程中何尝不会遇到阻碍自己的蛋壳，限制自己发展的石块，但那又怎样呢？无论遇到何种艰难，无论遭遇怎样的不幸，我始终都相信那只是暂时的，只要心中有信念，脚下就有前进的力量，不怕痛苦，只怕丢掉刚强，不怕磨难，只怕失去希望。心怀希望，生命如春。负重前行，生命才有质感。

人生漫漫长路，常常会有这样那样的遭遇。或是学业的困惑，或是朋友的欺骗，或是家庭的变故，或是失恋的痛苦……面对生活的种种磨难，我们要当强者。磨难只是情绪的体验和肉体的折磨，磨难也是生命的一种过滤，不畏惧它就能松弛自己，就能从负重的身心滤出坦然的心智。

磨难是祸，也是福，它可以锻炼我们的意志。生命中经历坎坷曲折，人的价值才能充分体现出来。跨过艰难才会懂得生活的意义，从而更热爱和珍惜生活。

　　成长的过程一层是挣扎，一层是蜕变，挣扎与困惑是年轻时的常态，只有学会坚强，我们才能以青春的名义为人生留下些珍贵的回忆。所有的忧伤都只是简单的音符，装点那长长短短的旋律；所有悲凉都只是路边的野花，点缀一下人生的漫漫长路。

　　成长的道路风雨相伴，沐浴风雨历见彩虹，心怀希望，坚守信念，通过努力，才能拨开云雾见月明。

　　每个人都有觉得自己不够好，羡慕别人闪闪发光的时候，但其实大多人都是普通的。不要沮丧，不必惊慌，做努力爬的蜗牛或坚持飞的笨鸟，在最平凡的生活里，谦卑和努力。总有一天，你会站在最亮的地方，活成自己曾经渴望的模样。

无论我们处在人生的哪个阶段，都应努力好好经营自己，不要总说我好累，我不行，一生至少该有一次全力以赴的拼搏，没什么好抱怨的，今天的每一步，都是在为之前的每一次选择买单，这也叫担当。

你抱怨越多，成功离你越远

读书的时候，我们总抱怨放假的时候太少，作业太多，试题太难；写毕业论文的时候，总会有人抱怨导师要求那么多，却没有指导过几次，论文获奖后还得写导师的名字；毕业工作了以后，我们总抱怨工作量最大，薪水那么少，福利那么低；甚至谈恋爱的时候，也总抱怨着别人的男女朋友都那么好，而自己身边的那位却只会惹自己生气……

每一个人都有权利去抱怨，因为抱怨有时能的确可以缓解压力舒缓情绪，可如果一个人习惯了抱怨，那将会让你的生活充满阴暗。毕竟这个世界从来都没有绝对的公平，每个人生来就是与众不同的，你没有权利去强迫别人和你想的一样，也没有义务去接纳所有人的想法。在人生的旅途中，我们也从来都不是一个人，处在岁月的更变中，我们总是会遇到一些不愿意做的事，有的人知难而上战胜困难，也有人知难而退逃避困难，所有最后，有的人成功了，而有的人却一事无成。

那些逃避困难的人，习惯了把遇到的不如意的事，无限期地往后推，它们总是喜欢碎碎念，肯定不是自己不够好，而是世界一直在挑衅他，他们从来不会花时间去总结自己，而是把一切失败的原因都归咎于外部世界。或者，就算是知道自己的问题所在也不去面对，而是用逃避来面对所有的现实。

没有一个人的人生会一直幸运，面对困难迷茫，与其怨天尤人，倒不如认真地考问自己目前到底是一粒金刚石，还是一颗钻石？那时，你才会明白困难对于你来说，比任何东西都更有价值，让你成为一颗钻石的价值！

在一个美丽的小山村住着一只乌鸦，它本来很受这里的居民的喜爱，可是最近，人们却突然要赶走它。

乌鸦非常难过，对着这个生它养它的故乡无比的眷恋。乌鸦希望那只是居民的一时糊涂，它希望给他们一些时间去认识自己的错误，于是依旧每天清晨在枝头上唱着自己最喜欢的歌，可是居民不仅没有反悔，而是变本加厉地骂它，甚至用石子砸它。

它对这里的一切都失望了，只好含着泪离开这里，飞往南方。

在经过一片树林的时候，乌鸦累了便停在树枝上休息。正在树枝上休息的鸽子看到满头大汗的乌鸦，便问它："看你满头大汗的那么辛苦，你这是要去哪里呢？"

乌鸦难过地说："我要离开这里，到南方去！"

鸽子不明白，又问道："这里这么漂亮，空气这么新鲜，你为什么要离开这里呢？"

乌鸦叹了口气，愤愤不平地说："我也不想离开，谁舍得离开这个生我养我的地方，可是……"乌鸦的眼睛突然掉下了几滴泪，声音哽咽起来，"可是这里的居民不知道为什么讨厌我，他们看到我就骂我，甚至还用石子打我！"

鸽子面带微笑地说："这里的居民都很善良呀，怎么会伤害你呢？你是不是做了什么让他们讨厌的事？"

乌鸦想也没想就摇头，很无辜地说："我怎么会做那些事，我每天都很认真地唱歌给他们听，希望能给他们带去幸福的感受！"

说罢，乌鸦情不自禁地唱了起来，鸽子听着它那难听的歌声，差点没从树枝上摔下去，赶紧打断它，好心地说："我看你还是别白费力气了，如果你不改变自己的声音，飞到哪里都不会受到欢迎的！"

乌鸦突然间明白了什么，涨红了脸。其实，当你认为自己受到不公平的对待时，不要一味地去抱怨他人抱怨命运，而是应该审视自己，找出问题的源头，任何抱怨都不能改变现状，改变现状只能靠双手努力，而不是靠抱怨和逃避消极地去辩护。

当一个人习惯性地认为自己是个受害者时，一碰到困难就把自己定性在受害者的角色上，随时寻找借口，即便是他人一句无心的话，他也会产生无限的遐想。对于生活中那些习惯抱怨的人，人们不会可怜他，只会对他避而远之，而困难也将如影随形似的出现在他的人生道路上。有一个年轻的农夫，家里种了很多果树，应别人的要求，给另一个村子的居民送自家的水果。

那是一个夏天，火红的太阳炙烤着大地，农夫的衣服都湿透了，浑身似乎将要被烧焦般的难受，苦不堪言。村子在河的另一头，农夫快速地划着小船，希望能赶紧完成任务，在天黑之前赶回家。

正当农夫奋力地摇着摇桨的时候，突然发现，上游有一只小船正沿河而下，迎着自己快速驶来，眼看两只船就要相撞了，可那只船并没有任何避让的意思，似乎有意要撞翻农夫的船。

"快让开，你眼睛是不是瞎了？你就要撞到我了？"农夫大声地向上游的船气急败坏地吼道："你是不是想找死啊！"

不管农夫怎么叫喊，却丝毫起不了效果，无奈的农夫只好手忙脚乱地企图让开水，可是却为时已晚，那只船已经重重地撞上了他的船。农夫的水果被撞翻在河里，他的右手也被蹭破一块皮，鲜红的血滴在浑浊的河道里。农夫异常愤怒，他厉声斥责道："你瞎了吗？还是大脑有病，这么宽的河，你偏偏撞到我的船上，想找死呀！"

可当农夫发现对方的小船上空无一人，试问一条挣脱绳索顺河漂流的空船又怎么能改变航向。农夫突然感到无比的心虚，真正能改写故事的是自己，可却葬送在自己的手上，看着那两筐梨子散落一船，心里却是无比的惭愧。与其毫无意义地抱怨和絮叨，为什么不用自己的力量去改变它呢？

真正获得成功的人，他们从来不抱怨，他们明白人生路上遇到的种种困难，都是他走向成功的必经之路，抱怨不能解决任何问题，只能使自己变得懦弱无能。与其抱怨，还不如把抱怨的时间拿来寻找解决问题的方法。

没有人可以轻而易举成功，抱怨更是一个撒手锏，如果你对人生抱怨得越多，成功只会离你越来越远。

生活中最让人感动的日子，总是那些一心一意为了一个目标而努力奋斗的日子，哪怕是为了一个卑微的目标而奋斗也是值得我们骄傲的，因为无数卑微的目标积累起来可能就是一个伟大的成就。金字塔也是由每一块石头累积而成的，每一块石头都是很简单的，而金字塔却是宏伟而永恒的。新的一年已经开始，让我们为了自己所要追求的目标而努力吧。

决定一个人成就的，不是天分，也不是运气，而是坚持和付出，是不停地做，重复的做，用心去做，当你真的努力了，付出了，你会发现自己潜力无限！天才不是天生的，而是后天努力出来的，记得每天鼓励自己。

生活的美妙之处，就是它的出其不意

写在前面的话：

如果我有机会回到十几年前，我不会改变任何事情，即便那些糟糕的不能再糟糕的记忆，站在十几年后的今天来看，都是舍不得的珍贵。或许有一天，你会明白我今天试图传递给你的讯息，那就是：

你永远无法想象，你年轻的面庞沾满了汗水的样子，是一种怎样的美丽。

"晓璃姐，一晃半年多过去了，还记得我吗？那次咨询之后，我找到了一家外企，开始了一份新的工作。如今虽然忙碌却很充实，真的应了你说的那句，能用汗水解决的问题，犯不着用眼泪解决。晓璃姐，我看了你写了很多咨询手记，能否把我的故事稍微进行些加工处理，写出来给更多的姐妹启发呢？"

上午打开QQ的时候，我收到了燕燕的这段留言。

怎么不记得呢？我还记得半年前燕燕约我咨询的时候，她是特地从外地赶过来的。

见到她的第一眼，我就惊呆了，这姑娘完完全全就是从画里走出来的呀，穿着一袭亚麻质地的长裙，系着一款素色围巾，身材颀长，脸庞清秀，宛如一幅绝美的水墨画。

不过燕燕一开口，还是让我震惊了一小把。她的声音和她的外形有着巨大的反差，音色嘎嘣脆，语速也偏快，说起话来像是热闹的鞭炮，十分钟的时间，她就噼里啪啦把她的情况说完了。

燕燕毕业之后的第一份工作是父母安排的，进了当地一家效益好到爆棚的单位，一开始她就做些行政文员之类的打杂工作，不过燕燕头脑灵活、反应敏捷、做事麻利，加上不错的外形优势，很快就引起了同事及领导的注意。

那一天开会的时候，刘主任还当着大家的面，狠狠表扬了她，打算给她安排更重要的工作，还号召新人都要向燕燕学习。燕燕心里乐开了花儿。快下班的时候，主任的电话来了，让燕燕去他的办公室一趟，说是要和她商量一下今后的工作安排。燕燕也没有多想，就过去了。

刘主任当时就坐在办公室里偌大的沙发上，见燕燕过来了，赶紧起身，满脸堆笑地迎了上去，凑上燕燕的脸，在燕燕的耳边说："燕燕，其实我喜欢你很久了……"

燕燕不禁打了一个寒战。

"刘主任，您是开玩笑的吧，我可承受不起。"燕燕本能地闪躲开。

"燕燕，"说着，这位梳着中分头的中年男人走到落地窗前，示意燕燕过去。

燕燕也来到了窗前，这个男人出其不意地将手搭在了燕燕的肩膀上，动作娴熟地就像久别重逢的恋人一般。

"刘主任，这恐怕不大合适吧。"燕燕机灵地再次闪开。

"我特别喜欢站在这扇落地窗前，俯视这座城市。燕燕，你要知道，作为一个姑娘来说，真正宝贵的青春也就那么几年，你知道为什么有人爬得快，有人却一直郁郁不得志么？你看看这座城市，每天有多少人挣扎在温饱线上，但同样也有一小撮人，他们开着豪车住着别墅，可以任性地买这买那儿……"

"刘主任，不好意思，我实在不明白您为何要和我说这些。"燕燕说。

"你这孩子刚踏入社会，这第一份工作就让多少人羡慕呀，不过这也不稀奇，那还不是你父母的情面？而他们也只能帮你到这一步了。未来的路，还不是要靠你自己去走吗？现在燕燕，有一个绝好的机会摆在你面前，就看你是否愿意抓住它了。"说着，这个男人从兜里掏出了两把钥匙。

"看好了，燕燕，这把是车门钥匙，这把是房门钥匙。女人青春就那么几年，多少人日夜拼搏含辛茹苦不就是为了这两把钥匙吗？现在这两把钥匙就放在你的面前，要不要就看你的了。"说着，老男人的手再次试探性地伸了过来，猛然抓住了她的手："你要是答应了，明天我就提拔你做主任助理，把外面那个四眼妹给开了，以后跟着我，保证你有享用不尽的荣华富贵……"

主任的脸再次凑了过来，差一点就要碰到燕燕的耳朵了。

"啪"，说时迟那时快，燕燕一个耳光扇了过去。

"主任，请自重。"说完，燕燕头也不回地摔门而出。

就是这样一笔神转折，从此燕燕的职场之路急转直下。

刚开始一切都很正常，好像什么也没发生那样。

燕燕的直接上司张姐告诉她，领导好像有意提拔燕燕，所以招进了一个新人，让燕燕将手头上的工作教给这个新人，一个月以后，燕燕的工作内容会有重新调整。

燕燕虽然心里打鼓，可转念一想，自己虽然冒犯了主任，但作为公司领导，主任自然会以工作业绩衡量员工的，大约他会从大局出发，放下个人恩怨，所以鉴于燕燕不错的表现，还是没有改变提拔的初衷。

可事实证明，燕燕太天真了。

一个月之后，燕燕差不多把手头的工作教给了新人，然而升职令迟迟不下来，同事看她的眼神也纷纷有了异样的意味，大家好像都在私底下议论着什么。

终于有一天，隔壁部门的小李和燕燕因为工作的事情发生了口角，突然小李轻蔑地从鼻子里哼出一声冷笑："得了吧，别在这儿装正经了，谁不知道你燕燕为了爬高枝，不惜色诱主任的英勇事迹呀，怎么样？没得逞吧？现在被架空的滋味是不是特别酸爽呢？"

燕燕怔住了，半晌才反应过来。

好你个刘主任，这招真够阴的！

这种舆论堪比小说，很快在公司内外沸沸扬扬传开了。

百口莫辩之下，燕燕辞去了工作，而相处三年的男友，也开始怀疑起她来。

豆大的泪滴从燕燕脸上滑落下来。

"燕燕，能用汗水证明的事情，就犯不着用眼泪。"我说。

层层梳理之后，我和燕燕达成了以下共识。

尽快走出那个小地方、那个小圈子，走出去，去见识更大的世界，遇见更多优秀的人。找一个制度相对完善与透明的公司平台，最好是外企，用三到五年的时间，迅速成长。

燕燕坚定了后面的路，但对于这段感情，还是犹豫不决。

我继续说。

曾经看过这样一个说法，说女人的心灵结构，大约是这样的——

最外面的一层属于没有希望的追求者给我们带来的心动，中间的一层属于会伤我们心的坏男人，而最深刻、最珍贵的心灵角落，永远只属于那个能让你真真切切感受到爱的男人。

我无法根据只言片语的单方面描述，就断定这个男人爱你或者不爱你。但不论是爱还是不爱，你都应该去工作，因为严酷的生活即将拉开帷幕。你需要学会的第一课，是走出过去的阴影，学会为自己的欲望买单。想要光鲜的生活又不想有所依附，就注定要走上一条艰苦卓绝的奋斗之路，同时也意味着你要放弃很多唾手可得充满诱惑的机会。

不过绝大多数人的二十多岁不都是这样过来的吗？在二十多岁的年纪里，贫穷难道不是一件最理直气壮的事吗？你踏入社会之前的每一步走起来那么轻松，那不过是因为有人在替你的生活买单，比如你的父母。

现在你需要做的，是擦干脸上的泪水，去挥洒青春，用汗水证明一切。

燕燕最终释然了。

即将告别的时候，燕燕望着我说："晓璃姐，我多么希望有一天，也能和你一样。"

我笑了："我很好奇的是，和我一样对你而言意味着什么？"

燕燕说："我感觉你好像有一种能力，遇到什么事都不慌不忙，能够抽丝剥茧看到问题的本质。你厚厚的镜片背后，有一双睿智的眼睛。你给我的感觉很亲切，像是邻家大姐姐一样。"

我没有说话。我不曾当面告诉燕燕，其实我年轻的时候，鼻梁上并没有架上这副厚实的眼镜，那个时候对我而言，世界是模糊的，清晰的是我自己年轻的身体与面庞，以及不可一世跃跃欲试的心。

我曾因为自己的虚荣和贪婪一路波折不断，也曾在雨夜里和男友大吵一架，负气出走，甚至一度和家人闹得很凶，叫嚣着自己的独立宣言。

那个时候，我看不清眼前的路，更看不清眼前的人。如今的我鼻梁上架着一副厚重的眼镜，眼前的路眼前的人逐渐清晰起来，而我也终于明白了一句话，那就是——

比老去更可怕的是老了老了，还没在社会上找到自己的位置。

如果时光能够倒流，我也不会去改变任何，虽然现在我知道如何做得更周全更巧妙，如何更游刃有余，但每每回首走过来的每一步，都不忍舍弃，哪怕当初感觉糟透了。

生活最美妙之处，就是这份出其不意。

你会发现不论当初怎样的选择，到头来都是一场努力的过程，在漫长的看不到尽头的日日夜夜，请用心对待你所走的每一步，总有一天，岁月会为你揭晓这一切的答案。

我甚至开始无比怀念那一段艰难的时光，虽然当时什么也没有，但我却拥有最好的年纪，以及一去不复返的青春。

二十多岁的你没必要事事周全，要知道单单这个年纪配上脸上的汗水，就足以秒杀一切的闪耀。

我今天所有的一切，得体的衣服、温婉的谈吐、抽丝剥茧的梳理、犀利的点醒，这一切，岁月都会带给你。

而我，无法再次拥有如你一般的青春。而你，有权用你自己的方式成长。

不管当下的我们有没有人爱，我们也要努力做一个可爱的人。不埋怨谁，不嘲笑谁，也不羡慕谁，阳光下灿烂，风雨中奔跑，做自己的梦，走自己的路。

别哭穷，没人会白给你钱和怜悯；别喊累，没人能一直帮你分担；别流泪，大多数人不在乎你的悲哀；别靠人，最可靠的只有自己；别低头，一次低头十倍努力也再难抬起；别表现出落魄，不给那些等着看你笑话的人机会。选的路要走，就要承担坎坷低潮与艰辛，不然，你凭啥比别人过的出色。

谁都有想要放弃的时候

《岛上书店》有云，每个人生命中，都有最艰难的那一年，将人生变得美好而辽阔。

当听到C跟我说，今年是她人生中最艰难的一年的时候，几乎让我有了放弃跟她继续交流的想法。

你人生才到哪啊，这就最艰难的一年了？

C是我的新同事，今年刚毕业，六月份进的公司。她是一个特别乖巧的女生，就像《欢乐颂》里的关关一样，说话轻声细语，工作认真，很少出错。

有一天她突然跟我说要请一星期的假，理由是身体不舒服。细问却又什么都不肯说了。这一整天上班她都一直心不在焉，时不时地走神。因为跟我算半个老乡，所以对她也比较照顾，等到下班，我就问她发生了什么事情。

她说："我想回老家了，一个人在外面好累。"

C和男友一毕业就坚决不啃老，不顾家里人的反对，来到上海，想做出一番事业。上海的物价让刚毕业的他们倍感艰难，每个月除去房租，工资就剩下一半不到，每天精打细算还是不够用，吃顿泡面都觉得奢侈。去买衣服首先就是偷偷看吊牌上的价格，超过三位数的，连试都不敢试。虽然日子过得紧巴巴，可有了男友的陪伴，也就不觉得有多难熬。

然而几天前，男友突然跟她说要回老家了。男友说毕业后回老家的朋友现在车也买了，奔驰的，省城的房子首付也付清了，现在就等年底结婚了。而他呢？当年成绩比别人强可混到现在，连去个像样点的地方吃饭都吃不起，更别说车房和车。

C停了一会，继续说道："前几天，阿姨给我打电话，问我什么时候回去看看她。聊了几句之后，阿姨没忍住，还是跟我说了实话。其实这电话是我妈让她打给我的，我妈知道我不想回老家工作，又怕打电话让我不高兴。阿姨最后说，有空就多回来看看，你妈一个人挺孤单的，头发又白了不少。"

说着说着，C就红了眼眶。我忽然发现，柔软的表面下，C其实比我想象中勇敢，小小的肩膀上承担着这些种种。

"失恋、没钱交房租，想家了又不能回，我想这就是我一生中最艰难的一年吧。"

我说，不是。因为你永远不知道命运会在什么时候给你一个更艰难的一年。我给她讲了一个故事。

"大龄文艺女青年阿米莉娅，数次恋爱都以失败告终，但她依旧乐观的坚定着要找一个志同道合的人。她说：跟一个情不投意不合的人过日子，倒不如一个人过得好。书店老板A．J．费克里，中年丧偶，书店危机，最值钱的财富还被盗。他的人生陷入僵局，他的内心沦为荒岛。但他却选择将被遗弃在书店的女婴抚养长大，过着简单充实的生活。"

这是《岛上书店》这本书里的故事。每个人的生命中，都有最艰难的那一年，将人生变得美好而辽阔。曾经，我也有一段艰难的日子，在我快要熬不下去的时候，是这本书让我有了笑对生活的勇气。

C对我嘘了一声说，"那你最艰难的一年是什么时候？"

我是2011年毕业的，孤身一人来到上海，刚出社会很迷茫，不知道做什么，就随便找了一家广告公司，一直做到2015年。那一年我升职加薪，管着十多人的团队，结婚也提上日程。然而没多久，由我主管的项目，接连被竞争对手以稍低一点的报价给抢走，随后又被人举报私自拿回扣，男友也被发现一直在劈腿。不到一个月的时间，我的事业、爱情全部没了。

那段低潮期，维持了有半年之久。我坚信，工作丢了，可以再找，失去了爱情，也一定会遇到更好的。熬过了最艰难的那段日子，我进入了现在这家公司，依旧管理着十几人的团队，还有幸遇到了现在的先生。后来之前那家公司，发现向竞争对手透露报价的是另外一个同事，还打电话叫我回去，但我拒绝了。

每个人的生命中都有最艰难的那一年。与其沉浸在艰难和痛苦之中，不如怀着希望的心，踏踏实实埋头生活，爱你该爱的人，做你想做的事，保持一颗坚定不移的心。也许在猛一抬头的时刻，发现原来阳光灿烂。

一星期后，C回来了。她说，还是要努力工作赚钱，这样才能更自由选择自己想要的生活。

每个人的生命中，都有最艰难的那一年，将人生变得美好而辽阔。这世界天大地大，想通以后，你会发现自己过得比以往任何时候都自由而轻盈。

有些梦想，纵使永远也没办法实现，纵使光是连说出来都很奢侈。但如果没有说出来温暖自己一下，就无法获得前进的动力。我之所以这么努力，是不想在年华老去之后鄙视我自己。活得充实比活得成功更重要，而这正是努力的意义。

凡事不求十分，只求尽心；万事不讲圆满，只求尽力。有些事，努力一把才知道成绩，奋斗一下才知道自己的潜能。花淡故雅，水淡故真，人淡故纯。做人需淡，淡而久香。不争、不谄、不艳、不俗。淡中真滋味，淡中有真香。心若无恙，奈我何其；人若不恋，奈你何伤。痛苦缘于比较，烦恼缘于心。

挺过去，你就赢了

1

2012年，大四，当时从未想过当一名老师。然而，选调失败，省考失败，在公务员考试的路上，我竟寸步难行。我一边复习教师招考的内容，一边在一家广告公司写几十块钱一篇的廉价稿维持生计，对家里始终报喜不报忧。

那段时间，面对生活，唯一的勇气来源于一个姑娘。她回省外的老家实习，和我保持着密切的联系。我会经常更新签名，只有我们两个人看得懂，关于她，似乎每天都有说不完的情话。

有一天她喝醉了，打电话问我，会不会为了她背井离乡。我说："把井背走了，乡亲们就没水喝了。"

她没心情听我讲段子，支支吾吾、绕来绕去将近一个小时，说："现在我很纠结，身边有个人对我很好，瘦瘦的，像你一样。"

"那我算什么？"说完，我挂断电话，拉黑她，所有的电话自动拒接，短信一概不回。那一天，我突然意识到我的失败与一事无成，连最爱的人都把握不住了。

2

转眼之间，我已经入职两年，始终没有和她联系。

2013年冬，有一节校际交流课，我顶着必须拿第一的压力，迎接这个几乎不可能完成的挑战。从选题到准备素材到参赛，只有五天的时间。

当时的我，还上着三个班的数学课，临近期末比较忙，有很多材料要交。那一周最深的印象，就是冷和累。寒风凛冽的大冬天，别人都下班了，我一个人待在办公室，到最后整栋楼都没有人了，就听着歌，反复修改课件，自己讲课给自己听。

更戏剧性的是，我的喉咙莫名其妙地发炎了。下完晚自习，一个人去打点滴，然后喝点粥，又回到出租屋继续改课件。

比赛结束那天，我如愿以偿拿到第一名。从讲台上走下来的那一刻，大家都在鼓掌，我却很想哭。

我一直强忍着，散了场请同事们吃饭，喝了点酒。晚上晃悠着回家，发现钥匙落在学校了。我就蹲在小院的石榴树下哭了好久，比失恋的时候掉的眼泪还多。

读书时，一直不知道真正的生活是什么样子的，年少轻狂的心多少有些不可一世。

工作了，才明白世道艰难，你我都熬得不容易，直面挑战，推杯换盏，没有人将就你，没有人同情你。所以，要努力，不能怂，熬过去随便哭，哭完了继续笑。

3

2014年，体检报告显示，我的甲状腺有一块阴影。急急忙忙去复查，医生说这应该是个瘤，无法判断性质，需要等进一步的分析结果。

那一周我很痛苦，每天都在网上查甲状腺肿瘤的治疗方法和注意事项，脑补如果是恶性的，要怎么跟家里说，自己的未来要怎么走。想着想着，几近崩溃，彻夜失眠。

这期间我很想找她，至少要去她的城市，见她最后一面。

报告出来了，还好只是包块，注意调节作息，留在体内不会有影响。如果想取出来，只需做个简单的小手术。我大大松了一口气，给家里打了个电话，表现出前所未有的兴奋和热情，但是没有告诉他们这件事。

晚上，我特意去看电影庆祝，眼泪却像弹幕一样往下掉。之后是什么剧情已经完全不记得了，只知道自己一直哭，用手去擦眼泪，有点辣。索性就放开了哭，失声痛哭。

4

2015年6月，发放高考准考证那天，被总务处催了无数次上交钥匙之后，教室的门终于锁上。我和学生在教室门口的走廊上告别，最后一次点名，我三分之二的时间都在哭，学生一一和我拥抱，每一个拥抱都特别用力。

我是一个慢热的人，嘴硬心软，一旦有了牵绊，就特别害怕割舍。临近分开的那段时间，我常常做噩梦，梦见自己和一行人在一片冰面上行走，其他人有说有笑，不慌不忙，不像我，怕冰面破碎，怕猛然跌倒，其实，最怕孤单没有怀抱。

从抵触到接受，从敌对到朋友，一点点积累，一次次牢固，我拥有了一切，转瞬之间又一无所有。

也许记忆并不可靠，就像实现不了的诺言，它们总是要离开一段时间，抖掉所有的杂念再回来。

哲学家托马斯·卡莱尔说："没有在深夜痛哭过的人，不足以谈人生。"

不可否认，痛苦永远比快乐给人更大的经验教训，也由此区分出了人与人的不同。我们都喜欢有故事的人，甚至以此为标准，寻找同类。当我们发现自己的不足，会想要奋力改变；当我们殊死搏斗却还在原地踏步，就会绝望痛哭。哭过几次以后，或许连你自己都麻木了。

每个人，其实都有一个觉醒期，但觉醒的早晚会决定一个人的命运。年轻的时候，我们会把每一点不如意都渲染得惊天动地。长大后却学会，越痛越不动声色，越苦越保持沉默。可终于，你还是挺过来了，扛着一口气，在喧嚣与孤独并存的城市里飘来飘去。

有人说，"成长，就是将哭调成静音的过程。"将哭调成静音，任他凄风苦雨、天旋地转，一个人就是千军万马，不服来战。

如果感觉自己正走得的不顺。恭喜！障碍是上天给你的机会，它总能撂倒一些人，只要你努力不让自己趴下就行！撑住了！快要忍不下去的时候想一想：其实对手也正各种煎熬着。

不要怕有压力，它可以垫高你的人生；也不要怕忙碌，它可以充实你的生活；不要拒绝错误，它可以改正你的缺点；不要一味惬意，乐极生悲，这往往是挫败的开始。许多时刻，我们的成长，靠的不仅仅是时间，而是自我的勤奋与努力；那些虚度的光阴，熄灭的是梦想之火，拼凑的是支离破碎的命运。

想要光鲜却不想付出泪和汗，凭什么

1

记得当年宿舍里，几个姑娘立志考研，约定好早上六点一起去图书馆占座，李莹的动作总比我们慢十分钟，我们都准备要出门了，她才舍得从床上爬起来穿衣洗漱。

每天早上她自己订的闹钟都会重复播放无数遍，我们几个也会轮番喊她的名字，试图把她喊醒。可她就是无动于衷，上一秒嘴里吆喝着"又起晚了"，下一秒迅速回到梦中。

有些时候，她还会埋怨我们不把她叫醒，或者会责怪我们几个拉帮结派，让她自己一个人。听到这些话，我和其他几个舍友总是相视而笑，并不回应。

其实当一个人决定好去做一件事的时候，一分一秒都不会去耽搁，执行力这件事永远掌握在自己手中。

我们这群旁观者并不是什么救世主，想要别人的监督来让自己有进步的动力，但不论别人如何鞭策，却始终待在原地不动，任谁也帮不了你。

所以录取结果公布那天，我和其他几个舍友，约定好去学校门外的饭馆儿好好撮一顿，唯有李莹不愿出席。

从我们开始起早贪黑每天三点一线的时候，其实就已经看到了每个人的未来。每个人的结果都在意料之中，但李莹一直不甘心的认为，自己只是缺了那么一点的好运气。

直到现在我都记得，她用两只手托着下巴，眼睛一眨眨盯着我们几个看来看去的样子，嘴里也一直念念有词"真羡慕你们啊"，语气里好像也带着那么一点的妒忌。

她说自己想不明白，为什么我们就比她在自修室待的时间久了那么一点儿，就能考上自己心仪的学校和专业呢。

我们几个人依然沉默，不知该如何向她阐述备考这一年里的生活。

寒冬腊月的早上，我们会排半个小时的队去自修室占位置，早上冻得脸颊通红，只能不断地哈气来让自己感受到一点温暖，而她那个时候一定正走在路上磨磨唧唧准备去吃早饭。

当我们待到晚上十点准备回宿舍的时候，她的电视剧已经看完了两集。

我们回去开着台灯刷题背书的时候，她已经敷完面膜准备睡觉了。她几乎每天都在不停地对自己质疑，担心考不上，也竹篮打水一场空，但是也从未想过去争取，并为此竭尽全力。

也许她不懂，付出和回报永远都是等价的。

如果认为自己得到的不够多，那只能说明，做的还是太少啊。

2

因为有些不甘心，她说自己想试一次，于是一头扎进二战的浑水中。

我们时常会给她传授一些经验，想让她少走一些弯路，并且天真地以为她会发愤图强。但让我没想到的是，她依然无所作为，不思进取。

她的朋友圈每天都在刷屏，内容无非是关于哪个明星离婚了，某某餐厅在打折，自己又买了什么样的新衣服。有一次忍不住给她评论，劝她收收心。她回我：这次肯定也考不上了。

那一刻我突然知道，扶不起的阿斗原来在生活中无处不在啊。

我没有再继续关心她的二战有没有一个好的结果，舍友之间的聚会，她也一次都没有参加。

其实她给我打过一次电话，告诉我她压力大，时常焦虑觉得迷茫，不想安于现状但又无力摆脱。言语中无一不在羡慕我们几个终于离开了囚笼，过得舒坦又自在。

我也费劲口舌给她开导了半个小时，把所有听过的正能量的话都告诉她，让她了解自己现在的生活，想让她燃起为之努力的动力，但遗憾的是，当一个人堕落起来，是根本听不进去别人讲话的。

那天挂掉电话之前，她说自己追的剧马上要更新了。

我不禁感慨起来，懒惰是一种奇妙的东西，起先只是在心里撒下了种子，然后再慢慢地在你身体中生根发芽，你上了瘾，中了毒，觉得悼怵，觉得焦虑，觉得不安，却不肯狠下心来付出一点努力，百无聊赖的去生活，却好似也乐在其中。

这个世界上没有谁能够真正拯救你的生活，如果你想从生活的泥潭中挣脱出来，靠的也只能是你自己。

3

不得不提的是，即使你和一个人处在相同的环境中，依然会拥有与之截然不同的人生，比如说，当年和李莹是上下铺的王瑜。

她就读的研究生学校是985、211，没有毕业之前，就已经和一家上市公司签了合同，工资待遇都不错。在那个工作她干了半年左右时间后，她告诉我自己准备参加国考，冲一次公务员。

我当时特别不理解，因为在我看来，那份工作可以带给她很多普通小女生望而远之的东西。

我就问她：为什么？

她说：我想要再拼一次，现在的状态，还完全不是我想要的。

备考的那段时间，她几乎每天都泡在自修室，一直待到保安来催要关灯了，才会拿着书本回到宿舍，通宵达旦是那个阶段中的常态。好在几个月的努力没有白费，她如愿以偿去了自己喜欢的岗位。

有时候我觉得她就像个小太阳，自带光芒，让人看见她就感到神清气爽。有一次我对她表达对她的崇拜之情的时候，她对我说：喂喂喂，你也可以啊。

只下定决心迈出第一步，不论经历多少打压都不选择放弃，向着自己心里的目标用力地跑过去，大不了摔倒了就爬起来，到达终点的时候，你就会知道，原来想象中的简单其实荆棘丛生，但走过的那些坎坷和困苦，都会让你日后去感激。

是啊，她说得很对啊，我们眼里的那些所谓的成功人士，好像都具备不服输的特质，只要有一个心心念想要去实现的事，他们就拼尽全力的去争取，即使一路上再困难也要往前跑。

就像村上春树说的那样：世上有可以挽回的和不可挽回的事，而时间经过就是一种不可挽回的事。也许，不负光阴就是最好的努力，而努力就是最好的自己。

4

很多人对现状都有着千万种的不满意，但有喜欢拿顺其自然，随遇而安来安慰自己，敷衍人生道路上的荆棘坎坷。

但却不知，真正的顺其自然，是竭尽所能之后的不强求，而非两手一摊的不作为。与其对当下的生活满腹牢骚，不如努力地去改变。

也许你也曾把身边的某个人当作是奋斗的目标，试图踮起脚尖，去触碰他所处的高度，因为自己的平庸，所以会去羡慕那些走到哪儿都带着光的人，欣赏他们的为人处世，行事作风，感慨他们在生活中的处事不惊，行走的游刃有余。

在我们眼里好像他们的人生只有绿灯，可以一路直行，没有所谓的阻碍和磕碰，但却不知光鲜亮丽的背后，其实是汗与泪的相处。

于是你在一次次的踮脚伸手中感到了疲惫不堪，即使你心中对他的位置依然向往，却也最终选择了放弃，因为贪图安逸还有懒惰成性。

但你不知道的是，其实只要自己用力起跳，是有可能碰到金字塔的顶端，更加有可能看见别样的风景。

有时候真的觉得你傻，学不会争功劳，学不会说漂亮话，学不会借着别人往上爬，学不会一切在这个世界上可以活得更好的生存技能。不是不聪明，却学不会卖弄聪明。不是不努力，却学不会显摆努力。但是，你也许不够成功，不够招人喜欢，不够扬眉吐气，至少，你够真实。

只要活着，人生就毫无阻滞地滑向前，而这无疑并非一桩怎么坏的事。即使际遇坎坷，也不是没有可能巧加利用，让自己活得有趣有味。为此，最好丢弃天真，保持骄傲，学会冷静。通过或多或少的努力，人们一定能够过上自己希望的生活。

要想从头再来，
就别妄想只是傻愣着等待

有一天晚上，后台同时收到了两个女读者的求助留言，看似不同的问题，但背后的伤却是惊人的相似。

第一个姑娘说，我下个月就结婚了，但现在却一点都不想结了。朋友介绍认识的他，一开始万般体恤，经常送花，甜甜蜜蜜海角天涯，但是双方父母把婚事儿定下来之后，他就不再那么上心了，我又开始怀念前任，感觉不会再爱了。

第二个姑娘说，我今年32岁了，近几年发现跟谁约会都感觉索然无味，一相亲就巴望着赶紧亮出双方条件，合适就处处看不合适谁也别瞎耽误事儿。临近30岁的时候，我还特别焦虑，轰轰烈烈爱过的人娶了别人。过了30岁之后，就开始理性得吓人，甭管遇到谁，都会从身体里跳出另外一个自己，各种顾虑、各种冷眼旁观。

我身边很多至今单身的人，都说只是因为年少时遇到了太惊艳的人。

但是，那些年纪轻轻就嚷嚷着不会再爱了的人，又有几个真得就无爱无恨终老余生?

你不肯割舍的内心戏太多，就容易把自己演成一个孤胆英雄。

这个时候你着急忙慌接受的所有替代品，很容易就会沦为你左右为难的现如今。

有多少深情伪装，是因为不肯醒来的半生彷徨。

你不是失去了爱的能力，而是还没遇到可以唤醒你的人。

大学时候的几个单身闺蜜，谈不上有多漂亮惊艳，但个个待人平缓，与人为善。

私底下我们建了一个小群，平常大家四平八稳地过着各自的悲欢，偶尔讲讲奇葩的相亲对象，说说各自不着五六的前任。

班花也在其中。

人人都知道她的心病，大学里一场超级登对的初恋，耗尽所有的喜欢，当时我们都对这对郎才女貌连连艳羡，后来却因为谁也搞不清的种种，班花跟初恋一拍两散，没有人看到她有多痛不欲生，只是自此眼中尽是这个世界的花开花落再与她无关。

2年前的一天，她在群里发了个大哭的表情。

有人急急问，怎么了?

她说，妈的，梦见参加他的婚礼，还梦见新娘前凸后翘，长得比我漂亮，老娘伤心欲绝，活活哭醒，还以为早把他撂下了。

班花虽然很少正经打扮，但身边却从来不乏追求者。

一群姑娘参加的聚会，她即便特意穿得低调、说的话少，依然会第一个就被桌上的男人一眼注意到。这些年她也听从过别人的意见，试着交往一下啊，不试试怎么知道合不合适。

但却没有广撒网式的试试，能让班花顺利脱单。

有关系亲密的姐妹问她，就没有一个优秀能看过眼的啊? 她摇摇头说，也不是，只是无感。

后来她突然受够了生活的了无生趣，索性就买了跑步机，每天大汗淋漓，在瑜伽垫上跳操、卷腹，进修法语。后来在一次国际交流会上，遇到了并不惊艳却让她深感舒服的现任。

后来有了两个人这样的对话。

"谢谢你，终于改变了我。""不是我改变了你，是你渴望改变在先，而我恰巧出现。"

真是范本儿式的重生。

如果你不能全新的打开自己，便感受不到四季变换的喜悦，也体会不到别人对你的热烈。

这种情况下，即便是擦破五百条蕾丝小吊带儿，也很难收获让你踏实交付终身的真情。

斤斤计较结下多少怨，求而不得含恨多少年，最终的柳暗花明，往往都只能始于你自己先行放下与已是心安。

已是前尘人，切莫故人心。

尼采说，与恶龙缠斗过久，自身亦成为恶龙；凝视深渊过久，深渊将回以凝视。

与前尘往事之间，谁也逃不开一场兵荒马乱。

很多人因为心里住上了未亡人，就从此非要找一个必须要像你的人。

这种纠缠不清的执念，最容易让心有不甘的人上瘾。

但是，凡事不怕念起，只怕觉迟。

不是所有的念念不忘都会必有回响，你如果总是拿着过去的种种比对眼前人、身边事，最后被活活勒死的，只能是你自己。

什么时候，你肯丢弃盛装表演的热情，你肯放下无休无止的猜忌，你肯离开一味索取的不着边际，你肯释怀无法掌控的有人来又有人离开，那么什么时候，你才能真正踏上一生被爱的坦荡征程。

有人会告诉你，是你的，不必争，缘分没到，等着就行。

让你等着就行，不是让你整天窝在沙发上暴饮暴食地等着，也不是任你六国兴亡八方风雨毫不在乎。

半生蹉跎，需要一个明确的结束。

三十年众生牛马，六十年诸佛龙象。

想要苦尽甘来，先去踏破苦楚。

你一生总要失去一个至爱的人，但爱一个人的本能只会沉睡不会消亡。

之前经历过刻骨铭心的失去。

先是各种撒谎骗假，然后窝在床上睡够了吃包泡面，吃饱了再回忆一下过去的种种美好，越想越悲伤，那就哭吧，哭累了就睡，睡醒了又饿，继而泡面，继而再胡思乱想，继而哭，继而睡，如此死循环一周。

各种耗自己，甩自己一巴掌说这样下去可不行，你得振作起来，但一想到从此"无人与我立黄昏，无人问我粥可温"，瞬间就心如死灰得很彻底。

直到往镜子前一照，形销骨立，悲伤噬骨。

听过卫斯理配额理论，生活中的一切都是有配额的。

当时觉得说得真对，一心认定我的真心配额已经用完了，从此肯定不会再奋不顾身，也不会再去疯狂地做一堆感天动地的事儿去取悦别人。

经历了一段时间的对谁都提不起兴致，后来玩命工作，一日三餐，勤勉为人，努力让自己比从前好看，努力让自己去积极地改变。

直到更好的爱，为我一个人奔腾而来，我恍然发现，依然会心动，依然会脸红，依然能感知到这个世界的种种美好。

顾城的《避免》中有这样一句话。"为了避免结束，你避免了一切开始。"

没有开始就没有结束，要想从头再来，就别妄想只是傻愣着等待。

收起你是是非非恩恩怨怨的标准，去从改变自己开始开启有效等待，去让自己去具备结识优质异性的能力，去让自己拥有择优拒劣的傲娇品质。

直到有一天，那些事儿你无须再向别人提起，自此你才真正把自己还给了自己。

不要去羡慕别人的人生，你看见的，并不是他们经历的所有。你只羡慕他们的光鲜外表，却看不到他们为此付出的代价和努力。生活不是一定要有惊天动地的情节，才叫精彩。每个人都在演以自己为主角的偶像剧了，在这场戏里，你的角色与戏份没有人能够取而代之。

人生的每一个清晨，都该努力，不能拖延。因为你的努力，别人不一定放在眼里，而你不努力，别人一定放在心里。不是每个人都能成为，自己想要的样子，但每个人，都可以努力，成为自己想要的样子。相信自己，你能作茧自缚，就能破茧成蝶。

勇敢面对生活中的各种挑战

1

一位学生过来找我咨询。

学生："老师，我对未来感到很迷茫，你能不能帮帮我？"

我："你感到很迷茫，是因为你对未来没有明确的目标吗？"

学生："我有目标啊。我想学编程，然后去做游戏开发。最终，我想开发出一款超级棒的手游。"

我："哦，不错，很有野心嘛！那你既然有目标，为什么还会感觉迷茫呢？"

学生："可是，像我们这种二本学校毕业的学生，根本就没有机会进入优秀的公司啊！如果进入不到优秀的公司，就没有办法和优秀的团队一起开发游戏了啊。"

我："哦，那下面我们就一起来探讨一下，是不是二本的学生就真的没有办法进入优秀的游戏制作公司了呢？你是如何得出这个结论的呢？你是否能够找到例外的情形呢？"

学生开始陷入了沉默。我没有刻意去打破这种沉默，因为我知道沉默就意味着思考和转变正在慢慢发生。

过了一小会儿，学生打破了沉默："也许二本的学生会有机会进入好的游戏公司，可是这种概率太小了啊。"

我："想要有所成就，走哪条路都不容易。你已经有了明确的目标，在这一点上你已经超越很多人。要不接下来，我们一起来具体探讨一下，如何才能逐步实现你的人生目标以及如何才能成为一名优秀的游戏软件开发人员？"

学生："可是，老师，我根本就不是学计算机专业的啊！"

我："哦，据我所知，学校有相关的转专业政策，你可以考虑转专业啊？"

学生："可是，老师，转专业很难啊，需要参加转专业考试，同时对第一年的学习绩点也有很高的要求，万一转不成专业该怎么办？"

我："转不成专业，你依然可以在不耽误所学专业的前提下，参加相关的培训或者是考取相应的资格证书啊。"

学生："可是，老师，这种考证培训通常需要花很多钱，而我只是一个穷学生啊！"

面对这么多的"可是"，我一时语塞，感觉自己的心好累。

2

前些日子，有人在网上向我请教问题。

提问者："老师，我是一名乡镇上的小学老师，干了五年了。我感觉周围的环境太封闭，没有任何挑战性。我对教学也没有什么兴趣了，因此想去市区重新找一份工作，您觉得可行吗？"

我："你有一颗想要追求更好生活的野心，说明你不甘平凡，这点很好。既然你已经挣扎五年时间了，相信你各方面应该考虑都比较成熟了。而且和刚刚毕业的大学生相比，工作五年的你，也一定有了一定的经济基础，即使一时找不到合适的工作，生活也不会过得太艰苦。如果是这样的话，你可以大胆做出决定，去市区找份工作，慢慢起步，去过你想要过的生活。"

提问者："可是，老师，我对自己的能力没啥自信。我担心自己没有一技之长，去了市区之后根本就没有办法养活自己，该怎么办？"

我："哦，那你就再多给自己一段时间，骑驴找马。利用业余时间去学习或打磨自己的一项核心技能，等到有了一技之长之后，再去跳槽吧。"

提问者："可是，老师，我不知道自己应该打磨哪一项技能啊？我曾考虑过成为一名心理咨询师，但又不知道自己是否真的适合做一行，我该怎么办？"

我："哦，适不适合做心理咨询师，要根据你的个人情况决定。我建议你去读一些心理咨询方面的书，然后看看自己是否真的感兴趣再做决定。当然，你也可以报一个心理咨询师的培训班，接受一些专业的指导，建立一些这方面的人脉。这种方法或许更加直接一点，可以更加的快速解决你的一些疑惑。"

提问者："可是，老师，我听说报心理咨询师的培训班通常都会很贵。万一我不适合做心理咨询师，培训费岂不白白浪费了！"

面对这么多的"可是"，我一时语塞，感觉自己的心好累。

3

各位亲，不知道读到这里，你是否会有和我一样的感受？

当我在和这些喜欢说"可是"的来访者进行交谈的时候，每当来访者说完一个"可是"，我就会觉察到自己的心里就会产生一种无力感，或者是一种深深的疲惫感。

因为我感觉自己的种种积极尝试，都被来访者那么多的"可是"给拒之门外了。

在长期做心理咨询的过程中，这种感觉并不陌生。这种善于说"可是"的行为背后，其实隐藏着两种深层次的心理原因。

首先，善于说"可是"的背后，是一种自卑的心理在作怪。

那些善于找借口的人，在骨子里往往是一个自卑的人。那么多的"可是"背后，实际上就是一个自卑的人在通过找借口的方式来维持自己脆弱的自尊心。

找借口的潜台词就是：你不能怪我的能力不强，我之所以无法实现目标是由于某种客观条件限制所造成的。

也许有人会说，那些善于找借口的人，好像都有很大的野心，看起来并不自卑啊？

其实，我们可以把野心看成是自负的一种表现。自负和自卑就像是一枚硬币的正反面，它们的共同点就是——没有办法客观的认识自己。而自负只不过是对自卑心理的一种过度补偿罢了。

其次，善于说"可是"的背后，是逃避问题的思维方式在起作用。

只要认真观察，你就会发现，那些总是在说"可是"、不停地在为自己找理由的人，根本就不想真正地去解决问题，他们总是在逃避问题。

不管有多么好的解决问题的策略摆在他们面前，他们总能快速地找到理由去否定这些策略。他们排斥采取任何实际行动去改变现实。

逃避问题的思维模式，实际上是很多心理问题的根源。斯科特·派克在《少有人走的路》一书中指出：

"规避问题和逃避痛苦的趋向，是人类心理疾病的根源。人人都有逃避问题的倾向，因此大多数人的心理健康都存在缺陷，真正的健康者寥寥无几。有的逃避问题者，宁可躲藏在头脑营造的虚幻世界里，甚至完全与现实脱节，这无异于作茧自缚。"

4

下面，我们就来看一下如何才能摆脱总是喜欢说"可是"的思维方式。

问题的答案隐藏在下面这道选择题当中：人生有两种痛苦——"逃避问题所带来的痛苦"和"直面挑战所带来的痛苦"。在生命的旅程当中，我们每个人都必须要从这两者之间选择一种痛苦去承受。

你会选择哪一种呢？下面，就让我们分别来看看这两种痛苦吧：

第一种痛苦是"逃避问题所带来的痛苦"，这是一种消极的痛苦。

为什么说这是一种消极的痛苦呢？因为当你逃避问题的时候，问题会一直摆在那里，无法得到解决。虽然你可以不断地说"可是"、找各种各样的理由、拒绝做出改变。但是最终的结局就是，你退到无路可退、人生的道路越走越窄，而且这种痛苦演变成心理问题的概率非常大。

第二种痛苦是"直面挑战所带来的痛苦"，这是一种积极的痛苦。

为什么说这是一种积极的痛苦呢？因为你已经开始动手解决问题了，虽然在解决问题的过程中会碰到很多的困难和挫折，但是在解决问题的过程中，你的潜力得到了发挥，你的能力在得到增长，你变得越来越强大，最终成了生活的强者。

简单总结一下：人生有两种痛苦，你可以选择消极的痛苦——不停地说"可是"，退到无路可退，最终发展成严重的心理问题。你也可以选择积极的痛苦——勇敢面对生活中的各种挑战，经受种种磨炼，最终让自己变得更加强大。

相信答案已经很明显了。这一切，都在你的掌控之中。

挫折会来，也会过去，跌倒了再爬起，失败了再努力，永远相信哪怕自己再平凡，都会拥有属于自己的幸福。无能为力时，不要羡慕别人，继续努力，别人做得到的，你也一样做得到，别人拥有的，你不一定就要拥有。你的幸福，在自己眼里。

02

请低调

谁的成功不曾努力拼搏

有时，满心期待，换来是失望或不体谅。努力了，好像还看不见希望，渐渐，开始不自信、不勇敢、不愿向前……此时，请对自己说，再来一次！再来一次，为成长积蓄力量！再来一次，只为梦想更近些！

别光顾着羡慕了，赶紧努力行动吧

1

朋友之前突然和我说："我好羡慕你啊，每次和别人出去，别人的话你都接得住，不会冷场。看了那么多书，还是有好处的！"

我对她说："很简单啊，多看书就好了，你也可以的，不如以后你和我一起去图书馆，去逛书店吧！"

朋友满脸笑容，一个劲答应着："好啊，好啊，你要对我负责啊，我就交给你了！"

我开心地点头说："没问题。"

第二天我去图书馆的时候，立马就想到她，叫她一起去，于是就给她打电话。

"啊，现在就去了，我还没起床呢？你先去吧"

"好吧，那你记得去啊，到了图书馆给我打电话，我这有几本书我觉得还挺好的，你过来可以拿去看看！"

"嗯嗯"

然后她就挂了电话，我去了图书馆！

中午准备从图书馆出来，打电话问她："来图书馆了么？怎么没看到你？"

她支支吾吾，"额，那个，我觉得在寝室看书也挺好的，床上又暖，我就没去了！"

"好吧，只要你能学到东西就好！"

第三天晚上我去图书馆，再次打电话给她："去图书馆么？"

她说去，我很开心地在寝室楼下等她，然后我们就一起来到了图书馆，把她带到我座位对面的空位子上，结果这一晚前两个小时她就在玩手机，后两个小时大概玩累了，竟然睡着了。

睡醒后，对我来一句："这图书馆也太安静了，我都睡着了，以后还是在寝室好了，这个地方不适合我学习。"

看她带来的书，不知道翻过了几页。

后来我就没再叫她了，一段时间后，我问她在寝室那本书看完了吗？

"好几次都翻开了，好冷，书又重，又给放下了，嘿嘿！"

好吧，我不想说什么！最后她直接说："算了，我不想和你一起学习了，我羡慕羡慕就好了！"

那你就羡慕吧！

过一段时间，她又跑来和我说："我好羡慕你啊，我要是也能像你一样就好了！"

我沉默，呵呵！

2

还记得有一次在南京的时候，滴滴打车叫了一个车去中山陵。

司机一过来，我就上了车。

听她说话带东北口音，我就问她："阿姨，您是东北的吧！"

她说是啊，然后就开启了话痨模式，最后不知道说的什么，她扯到了一个乞丐乞讨，骗子行骗的问题上。

有一次她在街上看到街上有一个妇女抱着一个孩子，说和家人走失了，要点费用给小孩买奶粉之类的。

她说："以我行走江湖多年的经验，肯定是骗人的，在一个现代交通这么发达的年代，怎么会和家人联系不上，怎么不去警察局呢？但我还是给了她50元，因为孩子是无辜的，我不忍心。临走对那个女的说了一句话：这要是别人的孩子，你就是造孽，这要是你自己的孩子，你就是缺德。"

最后阿姨还在愤愤不平，好多人发财都想疯了，尽搞这些。

"你想背20元的地摊货，还是2万元的LV，还不是你自己选的，不努力就搞这些，还天天羡慕别人，这不是自己造的孽，活该，想过好日子，就得努力。我这滴滴还不是工作之外的兼职，我想把自己生活搞好一点，天天羡慕别个有什么用！还不如自己踏实努力！"

不愧东北女汉子，自立自强，阿姨50多岁了，不管是心态还是面容都看起来十分年轻，像30多岁的样子。

最后阿姨又说："看着那些年轻女孩子啊，天天羡慕富贵生活，就想着找个有钱人，有钱人都傻啊，也不看看自己除了年轻还有什么，有那些羡慕别人的时间，做梦的时间，还不如赶紧努力挣钱呢！"

我表示不能再赞同，别人有钱是别人的事，别人生活好是别人的事，那些东西都是别人的，又不是你的，想要就自己努力争取啊，光想还是不太靠谱吧！

3

好像很多人都很羡慕富二代的生活，认为富二代多好啊，不费吹灰之力，生来就含着金钥匙！

我也羡慕，我也想过那样的日子。

W作为富二代，她朋友圈里经常会有各个国家的照片，各种美食，漂亮衣服，鞋子。

没人觉得她是在炫耀，那只是她得日常一部分。

羡慕么？想要这样的生活？

是不是所有人都认为富二代都很颓废，都是天天各种旅游，各种嗨！

可是我更羡慕的是身边的富二代朋友明明都那么优秀，却还拥有勤奋的天性。

我身边的富二代，对他们来说，勤奋就好像是他们的天性，是与生俱来的习惯。

W家里资产过亿，早已财务自由，用她的来说就是："我父母积累的资本，我这辈，我下一辈，我下下辈估计都用不完，只要不出败家子，现在投资几百几千万，都不在乎亏赢，赢了就是赚的，亏了就当经验，最后还是会把资本周转回来的，输得起！"

然而她的生活状态是这样的。

在国外上学的时候，几乎每天都在看书学习，晚上看书到1、2点是常有的事。

为了一个英文3分钟演讲，反反复复练了无数次，那三天，吃饭都觉得是浪费时间，室友看她太拼，帮她带饭，等她实在饿了，想起吃饭时，饭早就冷了，睡觉做梦都在练英文演讲，每次演讲都争取拿第一。

回国后，经常早起5点搭飞机，往返几个不同城市，听讲座，参加会议培训。

我以为我每天6点多起来就已经够早了，而她每天5点多就是起来了。

我依然羡慕她，不过我也在一步步在像她看齐，把努力变成一种习惯。

最可怕的就是比你优秀的人比你还努力，比你有钱的人比你还拼命。

还在羡慕么？别光顾着羡慕了，赶紧努力行动吧！

你的羡慕不会给你带来你想要的结果，但你的努力一定会把你带到更好的未来！

想做什么就去做啊，不要憋着，然后为你做错的事情埋单；而不是什么都不做，思前想后，担心犯错。去爱认为对的人啊，去花应该花的钱啊，去做看起来有意义的事啊；心里有渴望就先填满它……最后发现喔噢真的错了呢，就努力疗伤，拼命赚钱，去做有意义的事情。怕什么呢？

成年人的世界里，没有谁比谁更容易，只是那些年、那些人背后的付出你看不到而已。不存在去年容易今年困难、今年困难明年容易，人人都有挣扎与努力，都有困惑与宿命。总有人比你强，比你弱，比你幸运，比你不幸，这就叫生活。

不付出就没有回报，没有谁能例外

1

周末的时候，我还是像往常一样坐在书桌前忙活着。

儿子一个人搬来一堆书搁在我的桌子边上。

我问他干吗呢，又抱这么多书来。

小家伙眨巴着眼睛跟我说："你不是说要我努力多读书吗？我今天要把这些书都读完。"

"好吧，努力开动！"

我已经从这个马上四岁的孩子身上看到了我对他的影响。

因为我一直希望他能够在学习上认真努力。

我想他能坚持下去，在应该学习的时候努力学习，将来的他肯定会跟我说一声谢谢的。

我见过无数的人在读书的时候任着性子玩乐，而出了校门，一次又一次被社会折磨。

所以，让孩子努力学习，是对他的爱。

而放任不管终会害了孩子。

2

前段时间，老奶奶生日，很早以前就约好一起聚餐的，但是有一个表妹差点来不了，她总是缺席的那一个。

因为家境一般，父母在她很小的时候就外出打工，她自己在老家留守，熬到了初中毕业就跟着父母来城里打工，四处吃了不少苦，几年做下来，从这个饭店的服务员做到另外一个饭店的服务员。

所以当大家吃饭的时候，她得上班。加之性格比较怯弱，假也不敢请。

幸好她姐姐帮忙请假才得以脱身赴这个家宴。

她的姐姐就属于那种努力学习的，因为在农村的学校读书，学习底子很差，但是她还是努力读书。虽然读的是会计的中专，但毕业后经过几年的实习，又坚持自学考试。拥有了一份体面的工作，有一个发展的平台。

我们在一起聊天。她两对自己人生的计划就完成不同，因为一个有方向有目标，觉得自己能够通过努力学习，到达新的层次，比如会计是不断升级的。

但做服务员的表妹就看不到自己的未来，她操心的是自己能在这个地方待多久，下一次去哪里找一份事做。而在她刚刚出来的时候，我还是给他找了一所学校，建议她去读几年书。可是她去了三天就哭着求着妈妈给办理了退学。

因为她第一次去一个陌生的学校，适应不了，吵着要回家。结果本来就不是很情愿送她上学的妈妈就借坡下驴，把她接了回去。如今看到她这般情况，也只能扼腕叹息了，希望能得到生活的善待。

3

我一直感谢自己的高中班主任老师，她曾跟我说，你一定要努力考上大学，因为这是你唯一的出路，记住，千万不要对命运低头。

当时听得懵懵懂懂，只是觉得老师说得很认真，是为了我好。

所以读书的时候还是很拼，可惜英语底子太薄，最后考了一个非常普通的大学。

家里当时有人就劝我说不要读了，说北大毕业都不分配工作，你读这么一个学校，进去都是浪费钱。不如去打几年工吧，还能挣钱，到时建个房子，娶个老婆，生个孩子就好。

但是我一直记得老师的话，自己也不甘心放弃。我坚定地选择了继续读书，一个人拿着行囊去了学校，告诉自己，机会来之不易，一定要珍惜。当时进学校的时候在班上分数居中，智力平平，能力一般。但是一年的努力后，成绩进入专业前三，拿到了丰厚的奖学金，那时候学费都是东拼西凑借来的，要知这钱对我来说就是救命钱。看到我的努力，所有人都理解并且想办法支持我了。

也许只有经历过这种苦难的人才会明白学习的来之不易。

而只有经历了这番努力过后的人才能尝到回报。

就在前一段时间，几个老友聚会，大家没有彼此吹嘘如何如何。

但是茶余饭后，还是会谈到彼此的生活。

有一个当年读高中的时候叱咤风云的朋友是最沉默的，因为当年他在学校时就是天天跟着一帮子混混过日子，呼风唤雨，嘲笑我们这些读书的呆子。

然而多年后，他在南方的工厂做了几年，挣着生产线上的血汗钱，因为吃不了苦，没有加班的话，结果挣的钱没有花的钱多。最后要爸妈打了400块钱路费过去才回了家。回家之后，托了好几层关系找远房亲戚找了一份厂矿的工作，这一次，很苦很累，有师傅还在开机器的时候切断过手指。

但是他不敢再任性地丢掉这只饭碗，只能忍受着苦，在轰隆的矿厂度日。因为繁重的劳动缘故，他的背已经有点弓，手也厚实粗糙，最主要的是长期与世隔绝，他的思想和信息也滞后很多，看上去比实际年龄要大不少。

看着他被岁月风霜洗过的脸，早已没有了当年那少年的朝气。

如果当年能努力学习，他的人生应该就不会这么苦。

谈及当年，他只能痛饮几杯烈酒，不多言语了。

而另外两个努力学习的同学，当年是出名的书呆子，周末的时候不会上街，只会在教室里读书。晚上寝室都熄灯了，他们还在教室里熬夜背单词，做试卷。

我问他累不累。他说不累。

如今想想，他们也许真累，但是又不累。

因为少年时期的精力是最旺盛的，是最好的学习年华。

再怎么用功学习，也不会损害神经的。结果是可想而知的，他们用自己的努力打开了重点大学的门。

如果有人说读书无用，那是因为根本就没有看到读书有用的人在做什么。

社会层次不一样，接触的人和生活方式也不一样。

最后这两个好友，都考进了国家公务员系统。

很多东西，只有经过时间的沉淀才能看出真伪，看出真正的有用无用。

比如一个人的努力，往往在当下的时候只会看到这个人的汗水和傻帽劲儿。

但是等他积累到了一定的时候，就会发现人生早已不同。

4

当然，这个世界有一种人不要努力也能过上好日子。

比如一些某二代和某三代。他们的路跟我们普通人的不一样，我们只有学习这一条路最靠谱，甚至是唯一的出路。

看着家里务农的父母，他们朴实地劳作着，期待子女能够平平安安，能够有一份体面有尊严的工作，能够有一个温馨的家庭就好。

但是要在工作上帮上忙，几乎不可能，一切还得靠自己的双手去打拼，去用自己的努力，让父母也过上更好地生活。

所以当儿子能够完整地背诵一大篇三字经的时候，我不会像老人那样夸他聪明，而是告诉他，要继续努力。

当他觉得数学太难的时候，我鼓励他一遍一遍地演算，慢慢去弄懂，因为学习不是开玩笑，懂了就是懂了，没懂就得弄懂。

儿子问什么要努力学习。我说你将来能看到更大的世界，他不懂世界到底有多大。我就告诉这个吃货宝宝，努力的话你可以吃自己想吃的大餐。

很多孩子说，看你们上班很轻松，我们读书太累了。那是孩子没有看到上班的辛苦。多年后，踏进社会后，几乎所有的人都会回念当年的校园生活。

我们要让孩子明白：我不期望你考第一，但是你不能不努力学习。学习是一件非常认真的事情，只有真正在学习上肯钻研的人才能让自己的梦想到达更远的地方。才能更有体面，更有尊严地活着。平凡的人生并不可怕，可怕的是我们在应该为之努力奋斗的时候自己选择逃避，选择平庸。

未来的自己是什么样子，取决于今天的自己够不够努力学习。一切的成就都要靠一步一步吃着苦走过来的，某二代、三代其实吃的也是祖上人努力拼来的饭。

在努力与回报的因果关系中，不付出就没有回报，没有谁能例外。

有钱人喜欢说"钱不是万能的"，长得好看的人喜欢说"长得好看有什么用"，瘦子喜欢说"其实胖一点好，健康"，努力的人喜欢说"努力并非决定性因素"。他们只是虚伪地随口说说，而你却都认真地信了。

所谓知足常乐，并不是有的吃有的喝就不思进取，每天混混日子。真正的知足常乐是指该努力努力，该打拼打拼，不求付出必然得到回报，不会因努力暂时没结果而赌气，能用平常心去面对挫折。只有后者，才能终将得到应得的回报，才有无论发生任何变化都常乐的本钱。

不要在可以追求诗和远方的年龄，选择安逸

工作的地方离我住的屋子比较远，所以每天早上，我都需要提前一个多钟头出门去上班。

今天早上，跟往常一样，我早早出门。然而，地铁站的人异常的多，车已经过去了好几趟，我却一直挤不上去。等到最后好不容易挤上去了，瘦小的我却被挤得无法动弹，手臂甚至被挤得有点发红。我掏出手机跟朋友们发微信抱怨，朋友琪跟我说，"我在1号线还好。"我说，"我是2号线转5号线再转1号线，得等到后面才会松一点。"

这时，看到我们聊天记录的莹突然蹦了出来，跟我们说："我是2号转4号转5号，再转公交的。"

莹以前是做人力资源的工作。后来，她找到了自己喜欢的职业方向，鼓起勇气，辞职跨行。她拿到了很多新公司的offer，有些公司离家很近，待遇也挺好，但是，莹最后却偏偏选择了现在这家公司，待遇一般，离家也很远。

我很不解地说，这不是折腾自己吗？莹却回答："这家公司的平台背景比较好，而且很多成员都是从世界500强公司过来的。跟优秀的人一起

共事，会进步得更快，以后才会有更大的空间。"

为了更好的未来，莹需要每天早出晚归。即便如此，她依旧没有半点怨言，每天都很认真地工作，这让我很佩服。

有时候，我们会觉得自己已经很努力了，觉得自己很辛苦，都快被自己的拼劲感动了。但是，跟别人一对比，才知道天外有天，人外有人，才知道别人比我们还辛苦，才知道别人甚至比我们更拼搏。原来，跟你一样每天早出晚归的人有一大把，为了诗和远方，大家都拼尽了全力。

我想起之前看过的一个故事：有一家公司的老板，在下班之后，突然发现了一家适合谈合作的公司。老板把助理叫来，说，你去打电话跟他们聊一聊，约一下时间。助理看了看时间，都快晚上8点了。她跟老板说，人家早就下班了，要不明天再打吧。老板笑着对她说，你不试试，怎么知道人家下班了呢？于是，助理做好相关的准备，然后去打电话。电话拨打出去，果真有人接。助理很吃惊地说，你们这么晚还在加班啊？电话那头的人说，你们不也在加班吗？

其实在生活中，我们很多人都很像故事中的助理一样，自己处于怎样的状态，便以为别人也是怎样的。可是，很多时候，事实跟我们想的却完全不一样。

下班回家，有的人吃完饭洗完澡，舒舒服服地在看电视，可有的人继续赶项目，或者看书学习。没有人会告诉你，TA在空闲时间有多拼。很多人都是在默默努力，每天比别人多付出一点点。成功的机会，也往往会降临在他们身上。千万别天真地以为你在轻松享受的时候，别人也会跟你一样。不要等到若干年后，或许别人已经成功了，而你，却依旧原地踏步。

读书的时候，我们经常会遇到这样的同学。他们上课不怎么听课，趴在桌上睡觉，看上去不努力，可是，每次考试却考得特别好。印象最深的是当时班级里面有个男生读书很厉害，每次上课，老师在上面讲，他都是趴在桌子上，大家都以为他睡着了。有一次，老师看到他"睡觉"，就让他起来回答问题，没想到他居然知道老师讲到哪里，跟老师对答如流。

后来我们发现，平时上晚自修的时候，他是超级认真地在学习。回到宿舍后，他也坚持看书做题。

很多时候，我们也想取得成绩、有所成就，所以，也会经常跟别人做比较。看到别人不怎么努力，却有那么好的成绩，我们或许会很慌张，或者羡慕妒忌恨。可是，我们往往只看到别人的成功，却看不到别人背后的努力。

这个世界上，天才真的好少好少，大部分的人都跟我们一样普通。成功的人，他们总是在我们看不到的背后，多做了一些努力。所以，不要轻易去羡慕别人的成功。自己多付出一点努力，每天多努力一点点，积少成多，相信有一天也会量变产生质变的。

有时候，我们觉得自己工作、生活得很累、很辛苦，但是跟别人一对比，才知道自己是多么的幸福。有时候，我们觉得自己已经很努力了，但是，当你知道别人背后是如何付出的，你才意识到自己的努力只能感动自己。有时候，我们羡慕别人的成绩和成功，但是，我们并不知道别人究竟有多么拼命、多么努力。

我始终相信，没有一份成功、没有一份好成绩，是轻而易举就能获得的。生活中，无数的人每天都在默默地坚持着，每天比别人多努力一点点，向成功靠近一点点。他们为了诗和远方，在人们看不见的背后拼尽了自己的全力。

不要在可以追求诗和远方的年龄，选择安逸。不然，在该安逸的时候，你也就只能努力地活着了。

你是不是每天都在警告自己要好好学习绝不能分心玩手机？你是不是每天都想着要存钱买自己想要的东西？你是不是每天都在嘟囔着必须减肥要么瘦要么死？你是不是每天都想着以后要怎样怎样憧憬的很完美？你是不是有过这些想法最后却发现自己没一个能真正做到或施加行动？那你一定要慢慢努力改变，加油！

一个女人干吗这么重视工作？努力地工作，为的就是当站在我爱的人身边，不管他富甲一方，还是一无所有，我都可以张开手坦然拥抱他。他富有我不觉得自己高攀，他贫穷我们也不至于落魄。这就是女人去努力的意义！！！没有公主命，那就必须有一颗女皇的心！

敢于实现自己的想法才是最大赢家

1

人从来都没有智力高低之分，世上能有几个爱因斯坦？但是为啥有些人过的穷困潦倒，生活凄惨无比；而有些人则是，无论走到哪里都是人们关注的焦点，大家讨论羡慕的对象。

中国有一个传奇老人，他是红塔山之父，也是"褚橙"的创造者，他就是褚时健，一位年近七十四岁还要出山创业的传奇老人。他说过：只要你敢为自己目标付出行动，整个世界都会为你让路。

2

我们很多人都有自己的目标，大概也知道该怎么去做，但总是因为这样那样的各种借口、琐事而耽搁。晚上梦里信誓旦旦，白天起来还是日复一日、年复一年的混着日子。你不知道的是，当你还在庆幸自己眼前悠闲舒适的混着日子，却不知道当你对生活简单，生活同样回报你简单。如果你不想这样浑浑噩噩地过完这辈子，那么请你正视自己的目标，认真用实际行动去慢慢实现它。目标如果只是停留在口头上，永远都是一句废话。

年轻人相聚在一起，总是话题不断，各人说起自己的想法时那是口沫横飞，我们总是喜欢吹下各种各样的牛逼，却总是忘了什么时候，去把这些当年吹下的牛逼实现。

我一直以来都是一个很不要脸的人，每次总是厚着脸皮，在各种表格中填下特长是"文笔好"。其实从读大学后，我就很少动笔了，一年都写不上一篇文章，所以更谈不上文笔怎么样！也许在自己内心深处，一直没有忘记自己的初衷吧！

不要总是说不知道自己兴趣是什么？其实很多时候我们早已清楚。只是不愿意面对罢了，害怕行动！

3

我喜欢写东西，特享受那种纵情在自己故事世界的那种快感。用文字去嬉笑，去感悟人生，去表达内心。

今年五月份，我对自己说：你只有一次证明自己的机会，这次没有坚持下去，以后就不要再逼我讨论什么文笔了，敢答应吗？手中的笔足足停留了五分钟，才在白纸上写下自己的答案——我还是喜欢写东西！

"我想试试，不想让自己后悔！"

因为工作和家里原因，我不可能放弃现在的一切，所以选择了利用上班业余时间去坚持写作。用现在最流行的话说：我的目标是"自媒体"，这是第一次说出自己的想法，讲真，确实有些自不量力，但是我还是想试试！

一开始，在我的印象中，自媒体等同于微信公众号，所以立即开通了自己的个人公号。每天下班，就泡迹在知乎学习各种公号运营、内容创作、排版等等，但是知乎知识太碎片化了，根本形成不了一个完整的知识体系。最后，在一朋友的推荐下，我买了一套张亮的《从零开始学运营》，书在第三天到达我手上。每天只要有空，我就如饥似渴地学习，然后再在自己的公号上练手。

但是持续了半个月后，我发现了一个根本性的问题，半个月我没有写出一篇文章。每天都是在捣鼓公号的运营技巧，跟写作好像南辕北辙。运营涉及太多的内容了，排版必须要会熟练地运用PS、H5等等，半个月时间，我竟然都用来纠结这些自己根本不擅长的事。突然清醒了，自己走岔路了！

专业的事就应该交给专业的人去做，我们要做的就是把自己所擅长的事做到极致！

4

在这期间，我认识了简书，一个专业化的文字APP。你只要用心写，几十万读者为你喝彩，各路主题主编为你运营，简书为你引流。在简书，才真正实现做自己最喜欢，最擅长的事，就是努力把每一篇文章写好。

刚来的时候，没有立马动笔开始写，因为不知道从何写起，没有一点思路。所以先看看一个月的文章，算是一个偷师学艺的过程吧！在这一个月内，关注了很多优秀的作者，很多以前看过的精彩绝伦的文章，没想到都是简书作者写出来的。除了佩服，更多的还是想学习。

《二十几岁，你为啥那么害怕来不及！》、《对！就是嫌你穷才和你分手的！》……一系列的好文章，看的如痴如醉，可是再怎么优秀，也是别人写的，自认为文笔不错的肯定心有不甘。所以7.12号，开始写了第一篇文章，被青春主题收录，还得到主编大大的打赏，这更加促进了写作的积极性。

人总想一步登天，还没开始写几篇文章，就想着天天上首页，马上成为特约作者，实际上现在听起来完全是个笑话。在经过这次意外后，果不其然，后面写的文章接二连三的被各种专题拒绝，更不用提什么上首页。我曾在日记上写过这样一句自嘲的话：

"在简书写了26篇文章，也被首页拒绝了26次！"这句话一直都在激励着自己。不是因为首页怎么样，而是你真心太差了，是简书告诉了我，我文笔真不是想象中的那么好。

只有在不断的实践中，你才会发现自己的不足，才能知道从哪里入手提高自己。

5

我想过放弃、卸载简书，但是最后还是咬着牙坚持。因为我没有后退的机会了，这次退后了，以后一辈子都不能提文笔的事。

写得不好怕什么，简书那么多大神，去学习啊！那么多大神都在无私奉献着介绍着各种提高写作的技巧。

我先后观摩了鼹鼠的写作手法，后来又尝试着用林夏的排版模式。每当自己没有灵感，感到心烦气躁的时候，总会偷偷溜到十三的文章里，感受那文字的美妙，用最朴实的文字去描绘生活的点点滴滴。

在学习中实践，在实践中改进。我曾经写过不同的题材，不同的格式，但最终还是没有形成自己的风格。直到八月底，写了一篇小说，有朋友简信我

"你讲的故事真好听！"我才终于明白自己的特长在这里。我没有那么多干货能分享，也没有那么优美典雅的文字去抒情，有的只是一个个故事。

谁说非要和别人一样，去写鸡汤，去写干货，我相信只要自己把每一个故事讲好了，我总有一天会实现自己的目标。

对了！很感激简书的各位主编，尤其是短篇小说主编和副主编，每一

次都能指点我新的进步。自己最近写的几篇小说基本都是篇篇上首页，虽然阅读量还不是很高，但是这已经是进步了。

当你能为了自己的目标义无反顾的付出行动时，整个世界都会给你友善，给你让路。

每个人都应该有点想法，要不然活着也就没啥意思了。但想法不是用来吹牛的，如果你不光吹出牛，还能实现它，这才是无愧于这一辈子。

在这城市生活久了，慢慢学会等待，学会淡然，有时候，身边的噪音不重要，别人的羡慕嫉妒恨也不重要。重要的是，管好自己，做好该做的事，因为，宽恕是最好的回击，自己努力向前，也是对恨你怨你的人的最有力的反驳，对爱你的人的最好馈赠。人生在世，需要一种姿态。我走着，你看着，也很好。

一个人不怕卑微，就怕失去希望，一棵小草，也能装扮大地，一朵小花，也能展现风景，何不用自己的努力，去创造生命中的灿烂。不要总是羡慕别人的成功，谁也不是万能的，他人如果比你强，只能是他付出的努力比你多，或许你会说你们起点不同，输在起跑线上没关系，只要你一直坚持走下去，总有一天，会到达目的地。如果你半途而废，望着别人，哀叹自己，最终只能一事无成，蹉跎了岁月，消磨了时光。

既然不能放弃，那就埋首向前吧

前段时间去了一趟重庆，事情办妥后直接打车去解放碑。

如果说你刚到一座城市，对它知之甚少，但又来不及为此做更多研究，那么和出租车司机聊天绝对是高效有用的不二窍门。他们大都比较健谈，大到国际政治，小到家长里短，都能叙说一二。

司机是个五十来岁的中年人，讲一口地道的重庆话。他没有让我失望，从城市历史到未来规划，从《疯狂的石头》到《火锅英雄》，最后聊到了房价，他开心地说自己已经在这座城市买了两套房。那种朴素的自豪情绪溢于言表，毫不掩饰。

也许是觉得自己有些唐突，他不好意思地笑笑，而后轻叹一声。他的老家在重庆一个偏僻的山区，为了脱离贫苦的生活，他和妻子一商量，便大着胆子来到了市区。最开始的时候，他当棒棒（搬运工），妻子则在火车站提个篮子给人擦鞋。最苦的时候，赶上交房租掏不出钱，两口子带着子女在桥洞里睡了大半个月，直到凑够房租。

他们做过很多事情，头几年，一家人一直都处于随时可能打道回乡的状态，直到后来生活慢慢变好。再后来，妻子在车站旁边开起了自家的水果铺，而他则跑起了出租车。现在，两个女儿已经嫁人生子，儿子则在北京高校读研；一套全款买的二手房，一套马上还完房贷的黄金地段楼房。有时候回老家，那些仍然生活在乡里的亲朋故友无不羡慕，但也有人打趣说他祖坟冒青烟，才能运气这么好。

我半开玩笑地问，你觉得自己是运气好吗？

他笑着撇了撇嘴，如果说这是运气好的话，那我们这么多年的苦都白受了。他回忆起一家五口在桥洞里望着万家灯火，承受着整座城市繁华疏离的时候；挑着沉重的货物穿街过巷，被衣着光鲜的路人一脸嫌弃的时候；奋斗许久却仍买不起一间小房，站在城市路口迷茫无助的时候……

这个世界有时候真的非常奇怪，太多人对于天才都有一种由衷的敬服，但对于那些曾经与自己齐头并进最后却一骑绝尘的平凡者总是心怀不平，恶意揣度。

他们不会明白，其实相比于天才，那些资质平凡却从不妥协，在黑暗中眸子明亮的平凡者更值得让人称道。

有时候，圈里的作者聚在一起聊天。很多人从前都是默默无闻，扔在人群中激不起一丝波澜，可在开始写作后，随着平台的上升，知名度变大，眼界格局拓展，人生突然出现了一些微妙的转变。而他们的身边却开始出现这样一些人，由开始时的无感，逐渐转变为另眼相待，最后又演变成各种阴阳不明的情绪。

"他啊，就是运气好一点而已，才侥幸有了一些小成绩。"生活中永远不乏这样一些人，总是习惯在别人取得一丁点成绩的时候跳出来奚落打压，却从不探究别人为此失去了多少，经历了什么，用天生幸运否定别人的付出，用侥幸而成安慰自己的愚钝。

有一个师兄，大学毕业的时候，身边绝大部分同学都选择了相对安逸的生活，他却和一家公司签了三年的海外合同，派遣驻扎在了遥远的非洲。合同期满后回国，成了公司的技术骨干。而今刚过而立，却已经是公司举重若轻的技术中层领导，年薪数十万。

同学朋友大多十分羡慕，却也有人在背后愤愤不服，认为他只是侥幸遇上了公司扩张，从而拥有了如今的高位。却不曾想当他们安居国内的时候，别人却日复一日地奔波在异国荒瘠的土地上；他们下班后可以灯红酒绿，别人却几个月不能出工地，生活用品采购都要安保人员携枪带弹地随同；当他们和家人其乐融融的时候，别人却连祖母过世都只能遥望家乡，含泪远悼。

人生总会遇到一些节点，大多数人要么驻足彷徨，要么知难折返。可还有些人却会反复询问自己，甘心吗？有资格放弃吗？

既然不能放弃，那就埋首向前吧。毕竟如果只是双手空空地等待，那么纵然在眼前矗起一座金山，也只能徒叹自己没有拔山而行的力气。

衣不沾尘的旁观者，又怎会懂得饮浆食土时如鲠在喉的艰辛。可是，我努力得到的从来都不是侥幸啊。唯有那些为此付出失去却让自己野蛮生长的，才是我铅华尽洗后真正的人生。

但凡优秀之人，皆有某段沉默的时光，困苦不抱怨，孤寂不责难，不断地努力攀登，终会在黑暗之夜，寻找到绚丽的盛开。

这世界的大多数事情，不是稍微努力就可以搞定的，这个世界的真相是：我们特别努力才可以做得有一点儿好，但是我们一不小心就能做得特别差。所有的努力都不会完全白费，你付出多少时间和精力，都是在对未来积累。世界上什么都不公平，唯独时间最公平，你是懒惰还是努力，时间都会给出结果。

既然你只是以配角的心态
出场，又凭什么想要享受到主角的待遇

涛被大家戏称为"三太子"，因为他拼命挣钱的架势，就像是长了六条胳膊的哪吒。

涛比我大一岁，有着我羡慕的成熟、冷静和自信。

但熟悉涛的人都知道，刚上大学时他无比的自卑，甚至可以说是绝望的。那时候，他爸爸因为吸毒败光了家财，而且还欠了很多债，多到亲朋好友都不敢再和他有往来的地步。为了上大学，涛的妈妈硬着头皮求了娘家人，这才凑齐了学费。在大学里，涛既要保证优异的成绩，以期获得最高的奖学金，还需要兼很多份职，以承担自己的生活费。

那时候的涛，连生病都不敢。也正因为如此，"国家奖学金""优秀大学生"等好事接踵而至，他还被学校保送，去美国公费学习了一年。再后来，涛又被教授举荐成了某大公司老总的得力干将。

你看，人生中那些最凶猛的好运气，最初出现在你面前的时候，往往是一幅穷凶极恶、青面獠牙的模样。它让你觉得全世界都在跟你作对，全人类都在拼命地愚弄你。

但实际上呢，那或许是惊天逆转的开始。

我曾问涛："很多人都有绝望的时候，他们有的说熬，有的说挺，你呢，你是怎么过来的？"

他想了一下，平静地说："我是盯着结果过来的，比如说奖学金，我就很看重它的分量，因为它至少可以让我少做两份兼职；比如说被教授举荐的机会，我就看中这次机会的意义，因为它可能彻底改变我的人生。所以我会比别人更拼命地去争取。当然也有不如人意的时候，但我的策略是，在尘埃落定之前，奋力一搏。"

我又问："那你是觉得结果比过程重要了？"

他语气坚定地说："当然是！你看大家只知道是爱迪生发明了灯泡，但谁记得很多前人们做出的贡献？"

在我们身边，有多少人是在考试前一个月心想"争取第一"，在考试前一星期变成了"努力就好"，最后在考完过后自我安慰说"重在参与"。

有多少人，在初入职场的时候胸怀大志，在工作期间默默无闻，最后变成了碌碌无为？

这些人有一个共同的特点，他们都相信同一种论调："只要过程努力了，结果并不重要。"这样的人，看似不在意结局、成败，他们总觉得自己输得起。

可实际上，是他们不作为、不努力，然后自我催眠，说一切现状都是正常合理的。

等到青春所剩无几的时候，他们又开始忐忑不安起来，开始害怕来不及去过自己想要的生活。

一旦当你人为地降低了结局的重要性，你就会比别人少一分努力，你以为没差多少。可正是这看似不多的区别，会造就两种完全不同的人生。

更要命的是，没尽全力的努力，意味着你既不能随心所欲地玩耍，又要对未来提心吊胆，纯粹是吃力不讨好的事。

世上只有成功了的人才有资格说结局不重要。如果你无法呈现出一个让人满意的结果，那么，无论你如何强调过程中多么辛苦、多么努力，都不会有人同情你。

任何事，唯有把它做完了，才能显示出你做得有多好。

试想一下：

如果你是一个设计，你说你为了完成这个策划案，已经一个礼拜没回家，已经48小时没合眼，那么老板会因为你已经很辛苦而放过你吗？

还是觉得你能力不行而怀疑你呢？

如果你是一个文字匠，你说你为了一个句子段子而绞尽脑汁，以求让文章以你最满意的样子呈现，这有什么意义呢？

你觉得煎熬的过程，读者是不会在意的。就像你去买西红柿，你只会在乎它的外观和口味，才不管它是如何栉风沐雨长出来的。

而且你的挑选和评论会很苛刻，因为你只在乎吃得爽不爽。

所以说，千万不要相信旁人对你说"结果不重要"这种话，因为你一旦真的搞砸了，批评、嘲讽、蔑视……会源源不断地朝你袭来！

别人在熬夜学习的时候，你躺在被窝里玩手机。

我问你怎么不去看书，因为考研已经迫在眉睫了。

你用被子捂住脑袋，低沉地回了一句："今年考不上，明年再考呗，考试不就是重在参与？"

别人为了找工作，努力准备各种证书，做简历，总结实践成果，你在认真地看连续剧。

我问你怎么不出去试试，因为你身边的人都找到了不错的工作。

你被剧集感动得泪眼模糊，哽咽地回了一句："这次没赶上，下次再去，面试不就是重在参与？"

别人加班、吃泡面，工作没完成的时候折腾到一两点，你心安理得地把工作留到第二天，吃得好、睡得好，效率比别人差了不知道多少……

我问你怎么不加把劲，因为领导正准备提拔一两个人。

你专心致志地刷着朋友圈，回了我一句："今年选不上，明年再选呗，评优不就是重在参与？"

一定有人曾经跟你说过这句话，他们志在参与，他们不要求自己付出多少，他们只想看到底发生什么事，以及会发生什么事，他们想当个局内人，但是又不愿投入太多，于是抱着重在参与的心态，来当奇迹的见证者，而不是创造者！

我好奇的是，"重在参与"不是那些已经成功了、已经竭尽全力了的人才有资格说的话吗？什么时候变成了不作为、不努力的借口？

请醒醒吧，在这个充满竞争的社会里，比赛从来都是强者的游戏，只有弱者才整天把"重在参与"挂在嘴边。

重在参与的人，大部分从来没有想过完全投入一件事。他们是"差不多"先生或"来得及"小姐，总是觉得参与过就好、有经历过就好，他们觉得时间有的是，任何想要的东西都会自然而然地来到。他们以"分享别人的荣耀"为乐，却忘了自己一无所获。

这倒也验证了纪伯伦的那句话："对安逸的欲望扼杀了灵魂的激情，而这种浅薄的欲望还在梦想的葬礼上咧嘴大笑。"

很多时候，正是因为你的要求太低、欲望太浅，或者语气太温顺，所以命运才索性什么都不给你，结果你一无所有。

人生不能抱着重在参与的心态去敷衍，而是应该抱着竭尽全力的心态去拼。如果自己喜欢某件事，就百分之百投入，否则就不要轻易答应别人，也不要轻易答应自己只会付出一点点、只会做一半的事，因为这样既无法与别人好好合作，又浪费了自己的时间。

重在参与的心态会毁了你的热情，还会抹杀你的努力。它让你既配不上自己的野心，也辜负了所受的苦难。

那么你呢？

有多少人提醒你说"重在参与"？

你乒乓球比赛没进决赛，他安慰你说"不要紧，重在参与"；

你辩论赛第一轮就出局了，他对你说"没关系，重在参与"；

你送去参赛的照片被退回来了，他安慰你说"被退回来的很多，重在参与嘛"……

也许说"重在参与"的人是在关心你，但也有可能无形中伤害到你。

因为他没有看见你的渴望、你的努力、你的用心。他忽视了你在这次"参与"里有多少浓烈的渴望。

前阵子，我和公司的一个姑娘聊天。她突然对我说："我在这个公司里，没有一点儿存在感。"

我问她："这种想法怎么来的？"

她说："上个星期我请了病假，有三天没来上班，回来之后，大家也没谁问我一句，好像我上不上班，也没人知道一样。我要是离开这里，不到半个月，就会被忘得一干二净了。"

确实，她是那种不爱说话、不太漂亮的姑娘，办事马马虎虎，待人接物也是不咸不淡的。

我对她说："存在感不是你每天和大家打了几次照面刷出来的，而在于你的出现有没有价值！大家在微信群里聊聚餐的事宜，你一声不吭地看着，看了半天发了几个表情图像出去，以示自己在看，你让人怎么接你的话，又如何能给你存在感？大家在会议上争相提建议，你闷声坐在一边，听了半天也还是面无表情，然后再跟着大伙鼓鼓掌，以示自己在听，你让别人如何了解你的想法？你在所有能够展现你价值的时候，都给人一种'重在参与'的姿态，那你说这事怪谁？"

决定存在感的，从来都不是你那没意义的喧嚣和参与，而是你的能力，你被人需要的实力。

大多数的失望难过，不是因为你真正丢失了什么，而是感觉自己不被重视。

为什么别人一张嘴就能得到大家的附和？

为什么别人发一条朋友圈就能获得满满的赞和满屏的评论？

即便是无聊的一句"今天喝水塞牙了"，也会被点赞无数？

而你，即便是期待别人安慰而发的朋友圈，也犹如石沉大海，无人问津。

你困惑不已，为什么会这样呢？

为什么就刷不出存在感，明明自己给别人点了无数的赞，而到自己这里什么都没有？

你甚至开始怀疑自己的世界："我周围的人都怎么啦？他们都不关注我吗？没人关心我了吗？是我哪里不对吗？大家对我有意见吗？大家不喜欢我吗？"

不是的，存在感不是你参与了就会有的，它的本质是：你不争，也依然有你的位置。

因为不被重视而觉得失落、难过、委屈、不公，归根结底还是因为你不值得被高期望，不值得被更认真对待。所以，渴求重视的最好方式就是经营你自己，而非仅仅是参与。

如果每次任务你都把自己定义为一个被动者，一个需要别人指示、动员、催促的人，那么你活该被轻视。

如果每次聚会你都是被通知、被安排，那么你活该坐在聚会的角落里发霉。

既然你只是以配角的心态出场，又凭什么想要享受到主角的待遇？

当你又瘦又好看，包里都是自己努力赚来的钱的时候，你就会恍然大悟哪有时间患得患失，哪有时间猜东猜西，哪有时间揣摩别人，不迷茫、不依附、有自尊，这就是你的底气。

如果你足够勇敢说再见，生活便会奖励你一个新的开始；如果找不到坚持下去的理由，那就找一个重新开始的理由。你只有走完必须走的路，才不会辜负心中梦想的声音。

每一份坚持都是人生财富

这些天工作有些繁忙，加班加点是家常便饭，每天回到家都疲惫不堪，感觉自己好像被抽空了一样，只想好好睡上一觉。不巧的是这段时间小孩身体不太舒服，时常要打针吃药，不说周围人不理解了，就连家里人都怪我工作太拼，不顾及家务事。

每当这时，身边所有人都会不约而同地问我同一个问题：你就非要表现得这么积极，让领导老是喜欢叫你干活吗？这时候，纵然有千千万万个理由，我也只能一个人无奈咽下，而后该工作还是要努力工作，该照顾家人还是会尽量的抽出时间照顾家人。

其实，类似这样的问题，我自己也曾经无数次的反问过自己，可是，每一次反问自己，我就越加的坚定自己的信念。因为在这个社会上，如果没有一个平台承载起我们自己，我们将什么都不是，所以不管是做工作还是自己做事情，我始终要求自己要做到问心无愧，否则就没有资格说自己足够优秀，足够有能力。

也许有人会说我不需要别人赞赏，我也不需要被提拔重用，我只想轻轻松松的过好每一天。这无可厚非，每个人都有自己的选择和决定，但是，千万要记住，你选择什么样的路上天就会匹配给你什么样的生活。工作的时候，你漫不经心，这个不愿意做那个又胜任不了，你就不要指望在荣誉或在提升面前，你应该是最先得到的那个人；生活中，你抱怨连天，从无规划，整天无所事事，你就不要羡慕别人把日子过得有声有色、有条有理。正如，当你渴望大都市的车水马龙时，你就不要羡慕人家待在小地方的安逸和舒适，当你迷恋小地方的安逸与舒适时，你就不要总是做着纸醉金迷的都市的梦。

我始终坚信念念不忘，必有回响。很多事情的发生，不是偶然的，而是存在因果关系的。著名作家毕淑敏，很多人都觉得她写的文章好看，有哲理，富有人情味。但是，我想说，毕淑敏之所以能够写出如此优秀的作品，和她在喜马拉雅山、冈底斯山、喀喇昆仑山交汇的西藏阿里高原部队当兵11年的特殊经历与人生感悟是分不开的。她的作品，归类起来，一是反映藏北军旅生活的题材，二是反映医生方面的生活，由于作品来源于生活，是其自身真实的经历，她的作品始终充满着浓浓的人文关怀，因此，无论是她的散文作品还是小说集，都是一版再版，多年来一直深受读者喜爱。毕淑敏也曾在多次访谈中说，她非常的感谢在阿里当兵的时光。她说那段特殊的雪域高原从军经历已经成为她生命中最难忘的记忆，也是她生命历程中最璀璨的一段，虽然回忆起来很多人可能会觉得那段时光特别艰苦，可是，恰恰是那段经历成就了她刚柔并济的性格，成就了她身份的转折，成就了她一生割舍不下的文学梦。

毕淑敏的经历告诉我们，每一次经历、每一段坚持，都是一笔巨大的人生财富，突然有一天，当我们需要的时候，它会一分不少的偿还给我们。

我记得自己读书的时候，也曾经历过一些难忘的事情。当时自己比较老实，不管老师叫做什么作业，都很认真地去完成，而从来不会去偷工减料或者是求人代劳。久而久之，大家都发现了我这人老实本分的天性，遇到什么自己不喜欢做或者不想做的作业或者事情，他们都会叫我去做。比如他们不想去上党课的时候，他们就把我名字报上去，还嘲讽我党性意识强；不想做的调研课题，他们就叫我一个人去完成，然后叫我把大家的名字一并写上，这样他们都很轻松通过各种考核，只有我总是特别努力去完成有时候还吃力不讨好。

当时很多人都觉得我很傻，我也曾经质疑过自己是不是真的太傻，但是，多年以后，当我在工作中做得得心应手，在自己从事的领域经常受到褒奖的时候，我突然觉得那段时光所经历的一点一滴哪里是什么损失，哪里是什么艰苦，那不正是人生赋予我最珍贵的一段人生经历吗。如果没有那段时间的历练，我也许也不会在后来的工作中走得如此稳健。

民间有句俗语叫"种瓜得瓜，种豆得豆"，我特别喜欢这句话，因为这句话告诉我们：你渴望得到什么样的结果你就去做什么样的努力。

你是想做一个勤劳的人，在春耕时节努力耕耘，等到秋收时能够收获丰硕成果，还是做一个懒惰的人，在春耕时节碌碌无为，直到秋收才怨恨自己颗粒无收？我想，每个人心中都有一个清晰的答案。而我想说，不管你做什么，你所有的努力，时间都终将会偿还给你，只不过是时间问题罢了。

也许现在的你很累，但未来的路还很长，不要忘了当初为何而出发，是什么让你坚持到现在，勿忘初心。丢失的自己，只能一点一点捡回来。现在的我不配喊累，因为我一无所有。把委屈和泪水都咽下去，输不起就不要输，死不了就站起来，告诉所有看不起你的人：我很好所有牛逼背后都是苦逼堆积的坚持；所有苦逼都是傻逼般的不放弃。只要你愿意，并且为之坚持，总有一天，你会活成，自己喜欢的那个模样。

你的每一分努力，都将绚烂成花

1

前一阵子，看了李宗盛的一个宣传片。他把自己的人生感悟融入那段几分钟的小短片里，告诉所有还在努力中的人：人生没有白走的路，每一步都算数。

不过是一个几分钟的小片子，却让所有看过的人心生万千感慨。原来，每一个生活过行走过的地方都会刻在生命里，化成自己独有的气质。

我们的生命里，藏着我们读过的书、走过的路、爱过的人；那些奋笔疾书的夜晚，那些煮茶读书的日子，那些背起行囊流浪的岁月……它们串联起来，才能换来我们现在丰盛的人生状态。正如李宗盛在片中所讲：时过境迁后终于明白，人一生中每一个经历过的城市都是相通的，每一个努力过的脚印都是相连的，它一步一步带我们到今天，成就今天的我们。

所以，我们要对生命中的每一个阶段都有所敬畏，对每一次努力都有所珍视。

读研的时候，我曾帮一位老师做过一个非洲相关的项目。那位老师不是我的导师，所做的项目我也不是很感兴趣。可是，因为我本科学过法语，而研究非洲国家的历史又必须参考很多法语资料，所以那位老师要求我和他一起做项目，而我的导师也同意了。

起初，我对完成这项任务非常反感——我总是觉得自己是在做一件很累很傻的事。可是，任务压在身上，又不得不做。于是，我只好每天背着电脑和很厚的书去图书馆，耐着性子一点点翻译、一点点整理，再拿着材料去和老师分析探讨，花了近半年时间，才终于写完项目规定的论文。我长呼一口气，觉得以后再也不用和非洲相关的问题打交道了。

可人生总不会完全按我们的心意发展。又过了一年，我准备写毕业论文了。然而，在开题时我遇到了很多麻烦，以至于论文题目迟迟没法确定。导师让我想一想自己对哪方面的问题有较为深入的研究，我低头想了半晌，说出两个字："非洲。"

我没想到，这个我当时无比抵触的工作，如今竟对我的毕业论文产生了极大的帮助。毕业论文很快确定了题目，幸而曾经整理过大量的非洲问题材料，我在毕业论文选题时可以直接想到它们，在之后的研究和写作中，我也因之前的积累而游刃有余。

曾经以为自己帮那位老师做项目是件很傻的事，以为是浪费自己的时间和精力。可到写毕业论文时，我当真无比感激自己曾那般努力地研究过一个问题。

果真，人生没有白费的努力。珍视自己付出的每一分努力，终有一日，它们会盛开如繁花，惊艳我们的生命。

3

因为很多非洲国家都以法语为官方语言，所以不少去非洲的国内工程队都会带几个法语翻译过去。本科毕业时，我们法语班很多同学便选择了这份工作，这意味着毕业之后他们要在那片大陆呆三到五年。

M也是如此。根据协议，她要在那里至少工作三年。M的妈妈很反对，可从小就有主见又带点小任性的M还是义无反顾地去了。临行时，M兴冲冲地跟我说："等赚到第一桶金，我就回来做点自己喜欢的事儿。"

一年后，M告诉我，她染上了痢疾，久治不愈，只好申请回国。M的妈妈在欣喜之余，埋怨她在非洲浪费了一年的时间。M却不这么认为。

M本科时修了经贸类专业的双学位，从非洲回来，她很快就换了新工作，当起了小白领。只是没过多长时间，我又在朋友圈看到她飞去非洲了。好奇之下，我忙问她是不是又辞了国内的工作出去了。

"不是呢，我们公司想开辟非洲市场，刚好我在非洲工作期间积累了一些经验和人脉，就飞过来一趟，准备把这里的人脉关系介绍给公司。"M开心地告诉我，公司很看重她的非洲工作经历，她也因此在刚入职几个月内就得到快速提拔。"你看，我就知道我在非洲工作一年的经验不会白白浪费掉。"

果然，人生没有白去的地方，没有白走的路。即便是有些看似弯路的经历，说不定也能为之后的正途指引方向呢。

4

这世上从没有白费的努力，也没有碰巧的成功。很多看似撞大运的成功经历，往往源于曾经一段看不到光明的默默付出。

无论是5岁学英语，还是8岁学游泳，这在当时看来都好似很"无用"。就好像我在研一时帮老师做我不喜欢的项目，就好像M刚毕业就飞去妈妈很不看好的非洲工作。但是老天爷很可爱，他不忍心让任何一个人的努力白白浪费掉。于是，他可能在后来的日子里，安排一个你喜欢的人约你去游泳，安排一份很好的英文工作让你去做。

命运在用这样的方式告诉我们，只要认真对待生活，终有一天，你的每一分努力，都将绚烂成花。

每条路都是孤独的，慢慢地你会相信没有什么事不可原谅，没有什么人会永驻身旁。也许现在的你很累，未来的路还很长，不要忘了当初为何而出发，是什么让你坚持到现在，勿忘初心。丢失的自己，只能一点一点找回来，让自己变得优秀，是为了让爱你的人骄傲。

如果有一天，让你心动的再也感动不了你，让你愤怒的再也激怒不了你，让你悲伤的再也不能让你流泪，你便知道这时光，这生活给了你什么，你为了成长，付出了什么。

你为自己想要的东西付出过什么

1

你有多忙，就有多贵。

这是一位女性创业者跟我说的。最近一次在北京见到她，她的公司正在启动第二轮融资，她几个月都没有双休了，工作跟生活，像拌面一样搅在一起。好在，这轮融资估值不错，她说："你知道吗，我很贵。"

"我很贵"是今年的流行语，外延包括我的朋友都很贵。但大多数喜欢说"我很贵"的人，都羞于承认我很忙。

我前同事丁丁，事业如日中天，经常在夜深人静的时候，给每个人的朋友圈点一轮赞，甚至翻到我几个月前的某条消息，去留言。偶尔，她也晒娃、晒健身、晒旅行。

有一次我向她请教，如何平衡事业与家庭，她说，哪有什么平衡。你在我朋友圈里看到的那些娱乐与亲子活动，就是我全部的娱乐与亲子。

然而，她这样说的时候，并没有任何苦大仇深，而是笑嘻嘻地开我的玩笑，"你们总喜欢制造我不忙但我很贵的假象，其实怎么可能！"

2

网上曾经有一个很红的旅游博主，一年360天都在环游世界，穿美美的衣服，晒美美的照片。我们有一段时间特别喜欢借鉴她的拍照POSE，更有人会买她的同款衣服，去她到过的地方，以同样的场景与POSE拍照片。她的那些POSE，无不是看上去无比惬意，真正做起来了，要拗死人的。

其中有一张坐在老爷车车头的照片，我们亲自上阵的时候，觉得几乎需要会轻功才能做到。一天拍照下来，屁股都硌青了，这哪儿是旅游，分明是找虐。

所以，现在可以解释，为什么别人拎着爱马仕的时候，你最多买个Coach。

买个Coach有问题吗？当然没有。它家今年的1941系列甚至相当惊艳。有问题的是，我们常常会觉得，凭什么你能用爱马仕呢？你长得没我美，能力不比我强，拼爹没优势，连老公都没有，为什么就比我贵。

因为她比你忙啊。

我知道你要跳出来说，我也很忙。

忙有很多种，一种是忙乱，另外一种是真忙。

忙乱的重点在乱字上。因为效率不高、掌握的知识不匹配、时间分配不合理、焦虑的时间比干活的时间多、想得太多而行动太少，造成了忙而不出活儿。同样的岗位，有人忙得每天加班，有人下班前半小时就收拾好了办公桌。

而真忙，是外包了所有不重要的事。厚厚的效率手册上，日程项满满当当，已经习惯了在高铁上写策划、飞机上做PPT、出租车上开电话会议。她所忙的所有事情，都是不可替代，无法省减，能交给别人做的事情早都交出去了。

她们开动脑筋，想到了一切提高效率的招数，没有时间变老，没有时间烦恼。这是真忙。

3

我身边真忙的姑娘，都很贵，也很难约。她们很少再交新朋友，因为交朋友要花费太多时间成本。除了年少时的朋友，她们现在更喜欢与工作搭档在一起。工作交友两不误，会议间隙聊两句天，这样的情感可能因为一个项目的完结而暂时告一段落，她们也不会过分伤心。

她们不相信女人天生就是感性的。感性如果不能用来创造更多人生价值，而是放在伤春悲秋上，她们宁愿不要。

这样的姑娘都很贵。贵到即使作为朋友，都不忍心去打扰她们。有事的时候谈事，没事的时候，各自在人生轨道中磨砺手中的剑。

她们，正处于人生最好的时光。

女人最好的时光，不仅仅是被某一个男人呵护在手心；打扮漂亮，去咖啡馆消磨自己的美丽；陪伴孩子成长，做个好妈妈；去旅行，一个人在路上唱着春天的歌。凡此种种，固然美好，却不是全部。

4

上周末，听到一位外企高管说，她们公司的中高层管理者，清一色的女性。

无论你是否承认，女性参与创业、公司运营的"妳时代"已经到来。她们很忙也很贵，以传统女性的标准去要求，她们可能既不是好妈妈，也不是好女人；可能不会30岁以前结婚；可能离异单亲；也可能一年都抽不出一次假期，与朋友一起虚度。

即使度假，她们也是带着工作中的小伙伴，或者因为工作需要。

然而，与隐居终南山，去大理吸氧一样，她们同样是与自己喜欢的一切在一起。

很多时候，当你觉得生活不尽如人意，只要问自己一个问题，你为自己想要的东西付出过什么？

你想变得更贵，就要付出时间与努力；你要的越多，你付出的代价越大。只有相信世界是公平的，你才能放弃不切实际的幻想与缺乏理智的抱怨。

如果你选择了不努力，就不要期待自己很贵；不要说什么命运不公。

你要知道，你的悠闲是那些很贵的姑娘，拼尽多年努力，才最终得到的。人生就是穿自己的衣服，走自己的路，只是选择不同，而无优劣之分。

终究是，你自己享受就好。

请不要在最能吃苦的时候选择安逸，没有人的青春是在红地毯上走过，既然梦想成为那个别人无法企及的自我，就应该选择一条属于自己的道路，为了到达终点，付出别人无法企及的努力。

成就梦想的路只有三步：

第一步：【相信】选择之前可以怀疑，选择之后必须相信。

第二步：【行动】没有任何人看1000场球赛成为优秀球员，每天的汗水和训练成就了球星。

第三步：【持续】任何梦想的实现都是持续的结果。坚定自己的信念与梦想，追求并执着。致所有努力追逐梦想的人。

你用心的每一天，
其实都是在为成功做准备

1

2016年春节期间，电影《美人鱼》火得不行，里面的女主角——林允，她自然受到了来自四面八方的关注。

大家都很羡慕，一个如此平凡的女孩，可以一出道就担任如此大制作电影的女主角，而且她随后还相继被徐克和郭敬明看中，她为什么如此幸运呢？

一夜成名，仿佛是被上天选中的安琪儿，多少人都羡慕不来。起初，我和大家一样，对这个幸运儿充满羡慕，直到后来看到了她的采访报道，才明白了事实的真相。

记者问她：18岁就当选为"星女郎"，一夜成名如此幸运，让人羡慕不已，你对此有什么想法？

按照普通的套路，一般人都会说"偶然陪朋友来参加海选，真的没想到能被星爷选中，确实很幸运，感谢感恩"等等之类的话。

但是，她没有这么说，她回答："别人越羡慕，我付出得就越多，你有多羡慕我，我就付出了多少。"

你们爱听哪一个版本？是一夜实现"天才梦"的传奇，还是日复一日努力的无聊故事？大概很多人都爱听前者，爱看上天选中幸运儿的童话，因为真相往往赤裸裸的，并不太好看。但林允说了实话，对于一个家境普通、毫无背景、小城市来的女孩，她拥有的一切不是天赐的，是她努力得到的。

你以为的所谓幸运，不过是另一个人用心的结果。

2

我还认识一个女孩，她是我的大学同学。

我们大概有5年没见过面了，一次同学聚会上，她让几乎所有的同学大跌眼镜！印象中她是个很胖的姑娘，虽然性格爽朗，相貌也不错，但在这个以瘦为美的年代，她就成了"反面教材"。

然而，这次聚会上，那个胖嘟嘟的姑娘变身了，出现在大家眼前的是一个95斤的长腿女神，她本来就不矮，穿上高跟鞋和短裤，加上本来就很好看的五官，让大部分男生都惊呆了，女生们也羡慕不已。

为什么会发生如此大的变化？后来我才知道了答案。

以前，女孩从来没瘦过，她责怪这个世界太过看重外貌，责怪男生们太过势利，责怪自己的命运不好，但这些都没有用，她依然难逃相亲时对方冰冰冷冷和相亲后就销声匿迹的"命运"。世界没有为她改变，她却在一次次失望中开始丧失自信。

她变得更胖了，也不如以前那么活泼开朗，甚至有些自闭。她不明白为什么到了25岁，自己还没经历过一次像模像样的爱情？

直到有一次相亲对象直言"你有点胖哦"，她看着对面长得歪歪扭扭，说起话来口无遮拦，付钱时磨磨蹭蹭的陌生男子，突然流下了眼泪。

然后，她开始减肥，方式很激烈但也很有效果。一年的时间，她就像换了一个人，各式各样的朋友开始主动找她吃饭和聊天，大家发现她原来是这么美好的女孩子。她的乐观开朗，她阳台上的花花草草和一手好厨艺，她的善良温柔和优美的文笔，都在她的瘦削和凹凸有致下熠熠生辉起来。

有一天，她看着办公桌上一大束昂贵的玫瑰，觉得恍若隔世，她不知道为什么她要花那么久的时间去过以前那么可怕的生活。

很多人都羡慕她的巨大变化，却不知她一直在默默地艰辛付出。

3

我见过许许多多的保安，但只有一个保安给我的印象特别深。

他是我们这个小区的保安，保定人，二十几岁，个子不高，白白胖胖的，话不多，见到人，只是羞涩地一笑。我们都叫他小王。

小王整天把一部智能手机抱在手里，不是和谁煲电话粥，也不是玩游戏、看电影，而是一天到晚听音乐，还喜欢单曲循环，一首歌，昨天在听，今天在听，明天还在听。

小区里不知道他名字的人，有时候提起他，会说"那个喜欢听歌的小伙子"。年轻人嘛，喜欢音乐也很正常，虽然他有些过了头，但这爱好无伤大雅，也就没人说什么。

很多次，从小区门口走过，总看见小王坐在保安室里，有时候拿着笔在唰唰写着什么，有时候托着腮一副拼命思考状，有时候索性抱着一个笔记本发呆。别的保安没事儿时就会聚在一起闲聊，却一次也没看到他的身影。

有一次我忍不住问他："你每天在写些什么呀？"

他有些不好意思地挠挠头，说："写歌词。"

我略吃了一惊，继而又开始为他忧心，作为一个草根，写歌词，除了自娱自乐，还能有什么收获呢？

小王似乎看出了我的疑虑，有些激动地说："总有一天，人们会熟悉我写的歌！"

后来，混得熟了，慢慢了解到，小王经常把他写的歌词放到网上，也参加各种大赛，还把歌词寄给音乐公司。

对于他的这些举动，我始终心存担忧，一个小保安，他会获得成功吗？

没想到，成功真的接二连三地来了，小王的歌词，先是参赛获了奖；然后，有人谱曲在电视上演唱，小王居然有了一点点名气，开始有人找他写歌词，并开出了不菲的价格。

我从来没有想到，业余时间写写歌词，也能改变一个人的命运。

当这件事情被更多人知道后，很多人都说这个保安太幸运了，简直是祖坟上冒青烟了，但我知道，小王的成功不是偶然，生活中的每一天，他都在为成功用心做着准备。

4

一些人常常羡慕别人的成功，特别是和自己条件差不多的人，比如同事、同学等。"他仅仅是幸运而已……""我比他更努力啊，上天真是不公平！""凭什么是他啊……"各种声音，纷纷扰扰。

我也经常遇到一些很优秀的人，但我从来不认为谁的成功是偶然得来的。当然，这些所谓的偶然因素不能说没有，但并不是决定性的因素，更不可能是全部。

至少我没见过不劳而获的成功。你所以为的幸运，只不过是另一个人用心的结果。

万事皆有因果，天上不会掉馅饼。你用心的每一天，其实都是在为成功做准备。而你虚度的每一天，却会让你离成功越来越远。

生活坏到一定程度就会好起来，因为它无法更坏。努力过后，才知道许多事情，坚持坚持，就过来了。

不管现实多么惨不忍睹，都要持之以恒地相信，这只是黎明前短暂的黑暗而已。不要惶恐眼前的难关迈不过去，不要担心此刻的付出没有回报，别再花时间等待天降好运。你才是自己的贵人，全世界就一个独一无二的你，请一定：真诚做人，努力做事！你想要的，岁月都会给你。

你有多努力就将有多幸运

此前，我去参加了一个职业技能的培训，上课的何老师是北京一个非常出色的创业者。两周后，何老师再次来到深圳的一家知名企业上课，我被他的团队成员请来协助他为上课做一些准备。

课后和该企业工作人员交流时，他们其中一个负责人很好奇地问我："据说何老师在深圳的学员至少有100人，为什么选你来做助教呢？"言下之意似乎是说，他们可是花了大价钱请到这位老师的，而我免费地听了一堂价值不菲的课。我客气地回答她说："可能是我运气比较好吧。"

"可能是运气比较好吧。"这句话并不是我发明的。

第一次听到这句话，是我还在做外贸的时候，是我所在的香港外贸公司老板的合伙人艾先生常说的一句话。他在短短五年的时间里，从一个普通的外贸业务员成了当时公司的合伙人，同时也是行业内小有名气的人物。每当外人称颂这些经历时，他总会低调地说："可能是我运气比较好吧。"

我抱着沾沾"好运"的心态去应聘，成为他的员工，发现他并不是像"运气"太好的人。艾先生不到170厘米的身高，并不突出的长相，在平常的生活中，是一个极容易被忽略的人。但和他共事才发现，他是一个思维敏捷、知识丰富、工作能力极强的人。他的英语跟中文说得一样顺畅，公司做的订单从客户到工厂流程全部一清二楚。

当年，公司的一个潜在英国客人要来中国参加展会，顺便想看看我们公司的产品。这个英国客人是英国零售大户，在伦敦有数家家居超市。"如果跟他建立了长期的合作关系，我们公司的出口额将会增长200%，那意味着产品利润的相应上涨。"艾先生兴奋地说。

整个团队都在十分紧张而又期待地盼望着这次会谈，但艾先生看起来还是一副镇定自若的样子，除了检查每一个开会用的样品，其他时间都埋头在办公室里写资料。

终于到了会面的一天，大家焦急地等待着艾先生和客人从机场到来。一个下午的会议进展得十分顺利，从样品的展示到后续合作的细节，都迅速地达成共识。在谈着公事的同时，艾先生还用一口的伦敦英语跟客人不时谈一些关于早上如何跑步、喜欢哪些美食的事，听起来像是熟悉的朋友一样。

合作出乎意料的成功。在和艾先生一起送走客人的路上，我迫不及待地想知道他谈判成功的原因。看着他一副胸有成竹的样子，我抢着说道："这一次，一定不是运气好的原因。"

"小姑娘，看来你有进步了。"他一边大笑着回答，一边顺手拿了车里的一叠资料给我。

资料全部是英文的，第一本是关于客户公司一些产品在英国的销售情况，甚至还有英国的天气情况。第二本是这次来的客户产品总监的博客资料，里面记录着一些客人时常早上出去跑步的内容，还有一些关于美食的文章。第三本是我们公司针对客人以往销售产品的新品推荐，根据英国气候而特定的一些产品的改良。第四本是在去接客人的前一周，做了一份详细的路线图和会面行程图。内容包括：我们接客人的位置，从机场到酒店的距离及所需时间，所住的酒店有哪些好吃的东西等等。末了，还推荐了酒店不远处的海边一个可以看日出的极佳跑步地点。

看到这份资料时，我惊呆了，心想，换作我是客人，也一定会跟他合作。我跟艾先生说出了我的想法，他笑而不语。接着，他交代我回去之后，要马上发一封邮件，把今天我们会议讨论的合作内容纪要发给客人，同时告诉他接下来我们的工作安排。我连忙记录了下来。

在路上，我还是很好奇这次"成功"的合作是如何产生的。艾先生跟我说，这些资料都是在他平时收集来的。在两年前，他认识这家公司时，就认真研究他们。当时，我们的产品和生产配套离他们的市场需求有一些差距，在这段时间，他一边想办法改进我们的生产能力和产品设计，一方面留意客人的销售动向。一年多的时间，他终于觉得机会来了，就完成了这次谈判。

"那跑步跟美食是怎么回事呢？"我接着问道。

"光了解公司动向还不够啊，当然也要了解跟我们谈合作的人嘛。就算他是财大气粗的产品总监，还是喜欢有人关注他，并跟他有一样的兴趣爱好的。"

"那你流利的伦敦英语又是怎么回事呢？"我准备一个个解开自己的疑问。

"你一定听说过马云练英语是在杭州的酒店找老外说话的故事。我练英语也是模仿他的。当年我刚开始工作时，这个小城市外贸事业发展迅速，大批外国人来这里找工厂，但是这里好多酒店的服务员并不懂英语，无法交流。于是我在空余时间免费去做翻译，跟外国人交流，和服务员一起到机场接客送客也是常事。"他说到这里，我才知道为什么他能那么清楚地知道机场的地形及各个酒店的特点。

李笑来在他的一本书里提到，他在新东方做老师时，经常被人夸奖说他在台上的随机应变能力强。李老师在书中说，其实他们搞错了，他的应变能力差极了。他之所以"显得"游刃有余，是因为之前做过太多准备。

在做任何一个讲演时，他都花费很多时间认真考虑每个观点、每个事例，甚至每个句子引发什么样的理解和反应，然后逐一制订相应对策。每一次出场的良好表现似乎是因为运气好，但事实是这些准备让他得到更多的机会。

记得当天，何老师上完课后发了一条微博说："作为一个做职业教育的，只懂互联网是不行的，还得花时间研究教学课件，走到不同城市的课堂上，如果自己都不懂教学，拿什么创新？拿什么做平台？"何老师也是一个看起来像"运气"比较好的人，但是，我相信他在讲台上说的每一句，PPT里每一个字，都是练过百次的。

我的好运，艾先生的好运，以及李笑来何老师的好运，都是以同样的方式而来。

"我可能是运气比较好吧。"当下次有人跟你这样说时，你一定要相信这是真的。

内心强大比什么都重要，你要照顾好自己；承认自己的平凡，但是努力向好的方向发展；可以平静面对生活，安然地听从自己内心的感受，不受其他影响，你可以迷茫，请不要虚度。

CHAPTER

03

要相信

有个人一直在偷偷爱你

鸡蛋石头在一起磕磕碰碰伤痕累累，终于受不了离开石头。后来遇到棉花，棉花的拥抱是那么的温暖，鸡蛋才明白：不是努力坚持和忍耐就能换来温暖，选择对的适合的才会很轻松很幸福。

爱情的唯一归途

1

十年后，他终于在一个路口遇见了她。

当时，他到市中心去会一个朋友，而朋友有事先离开了。他就在街上像个闲暇的游客，毫无目的的走动，并习惯性地四处张望着。其实他也只是有意无意地轻轻一瞥，他就看到了她。那时，她站在挤满人群的公交车站牌前等车，她侧着身对着他。他发现她时，她有意无意地垂着头任凭头发盖住眼睛，像在掩饰着什么，右手则牵着一个约莫四五岁的孩子。

她比他刚见她的时候的样子胖了许多，脸上也失去了少女时特有的娇羞，但身体的侧影于他还是那样的熟悉，脸上那若隐若现在发间的线条还未曾有太大的变化，犹如十年前，她和他在一起的时候，脸上还习惯性的洋溢着淡淡的笑。

她没有躲避他，就像没有看见他，或是和他从来不认识那样，坦然，若无其事。他却忽然抽搐起来，脸上的肌肉开始紧张的抖动。或许是出于紧张，或许是激动异常，他呆滞的目光停留在她的身上，一动不动，眼睛几乎要暴突出来。

是她吗？难道真的是她吗？他有些不敢相信自己的眼睛。

忽然，他发现了她牵着孩子的右手上戴着一条红色丝带编织的手链。那丝带的颜色有些黯然了，远没有新的色泽艳丽。而那手链的造型，坠物，确实是独一无二的。在这个物欲横流，极其富有的城市，和其他的女人相比，她的那条饰物的确显得简陋粗俗了些。

可他认的那条丝带手链，那是他临别时，他送给她的礼物。他一眼就认出了。

2

他确凿无疑的断定，那牵着孩子的女人就是他要找的她了。

记得，十年前的那个早晨，长途汽车站里，他和她相拥而别。他要到远方上大学，而她则要到另外一个城市追随一个亲戚打工。分别前，他郑重地从口袋里掏出一样礼物——红丝带手链，那丝带的色泽宛如娇艳欲滴的红玫瑰，细密又精致的纹理，边缘坠满了橘黄色的细小碎花——那是他连夜为她精心编织的。他轻轻牵起她的手，慢慢地，小心翼翼地，一一将手链为她戴到手腕上。一双用红丝带编织的手链，就那样恰到好处地套在她娇嫩的双手上，衬托出她那双小手越发的精致美丽。

他望着她，幸福地笑了。而她，却轻轻取下一条还给了他，淡淡地冲他微笑，说，你也留一条，我等着将来有一天它和另一条配成双呢。他笑了，说，是呀，会的，你等着吧。就这样，他取回一条戴在自己的手腕上。后来，他和她踏上了各自的征程，充满希望，而又异常伤心的各自奔向远方。

他至今对她出去打工的做法，仍抱满深深的遗憾和愧疚。那年，他考上了大学，可他家境贫寒，父母拿不起他上大学的学费，学习不错的女友为了成全他，决定放弃复读考大学的机会，到远方打工，供他上大学。

开始，他们经常地通信，互相保持着紧密地联系。那时，她会不远千里，从远方的城市赶几天的火车过来看他，然后，亲手将自己打工积攒的钱放在他手里，告诉他，吃饱，穿暖，别委屈了自己。他眼里忽然就有雾气升腾。他看见了她日渐消瘦的脸旁。她却开心得像个孩子，骂他没有出息。而这样的相聚，每年都会有两次，都发生在他开学的前夕，他急需要钱的时候。

3

大四那年，他去电话告诉她，他在外面找了好几个兼职，已经能自己养活自己了，让她自己把钱留下来花，也为自己买几件漂亮的裙子。因为，暑假到来的时候，他要到她打工的那个城市找她。她在电话那头，笑得异常开心，说，好啊，我等你。他又告诉她，他决定考研，自己已经着手复习了。她鼓励他要加把劲，别为她丢脸，她相信他行的。他点头，说，记住了，怎么啰唆成了老太太。然后，他们很开心的挂掉电话。

然而，他万万没有想到的是，就是那次通话，成了他们别离的开端。

那年暑假，他去了她所在的城市。盛夏的天，他热得汗流浃背。他循着原来她留给他的地址找去，可人去楼空，杳无音信，问她的朋友、工友，没有一个人知道她的消息。他疯了地四处找寻，终究无果而终。

他伤心而回，回到学校的那天，一个朋友从学校的传达室给他捎来一封信。信是她的，信皮上写满了他熟悉的字迹。他高兴的拆开来看。她在信里告诉他，她又去了另外一个城市打工，没有及时告诉他，抱歉，请谅解，勿挂念；还告诉他，好好复习，考上研究生后，她会来看他的。他喜极而泣。他有些失望，但一点也不悲伤。

后来，他把对她的相思全部用在了学习上，最终顺利通过了研究生考试，成为一名在读硕士研究生。可是，后来，他却再也没有了她的消息。她没有履行她的诺言——等他考上研究生的时候，来学校看他。

4

毕业后，他去她原来所在的城市，找了一份高薪的工作，开始他努力地找寻。中间，曾经有多少美丽的女孩儿追求过他，他都无动于衷。

今天，他终于找到她了。他不敢再犹豫，匆忙上前。他害怕她转瞬间会被汽车带到某个不知名的远方，永远地和他别离。

就在公交车即将到达站牌的那一瞬，他走到了她的面前。他眼中噙着泪水，话语有些哆嗦："你还认识我吗？"

女人抬起头，然后轻轻后仰，好让挂在脸前的头发甩在脑后。她露出一张完整而精致的脸，沉默了一会儿，然后平静地说："认识。"

"可是，你为什么不和我联系呢？"他终于哭泣出来。

女人忽然有了悲伤，可她抑制住，没有留下泪水，只是抬起了左臂，露出空空荡荡的袖口。

"因为，我再也无法让那双红丝带手链，配成真正的一双。"她那样淡淡地答道。

5

他们最终没有走到一起，因为，女人已经成了家，有了孩子。后来，他从女人口中知道了事情所有的真相。

原来，那年暑假，在他到来的前夕，她因为疲劳操作，无意中将手伸到了飞速转动的机器里。瞬间，血肉模糊，她整个手臂都被卷了进去。等醒来时，她已经躺在医院的病床上。她永远地失去了左手。

她醒来后，没有过多的悲伤，她做的第一件事情，是告诉朋友和工友，等他来找她时，不要告诉他事情的真相。第二件事情，就是忍受百倍的痛苦，以最快乐的口吻，为他写上一封信。而她下定决心做的第三件事情，就是答应一位工友的求婚请求，并在出院后匆忙的结婚。

中间，为了躲避他的找寻，她更换了许多工作。可是，那条红丝带手链，她却不曾丢弃，一直随身戴着。因为，那是他们爱情留下的，唯一信物。也是，她心中爱情的唯一归途。

再美的年华也终究会成为过往，再好的东西也有失去的一天，再深的记忆也有淡忘的一天，再爱的人也有远走离开的一天，再甜的梦乡也有惊醒的一刻。

世上有一些东西，是我们自己支配不了的，如运气和机会，舆论和毁誉，那就不去管它了，顺其自然。世上有一些东西，是我们自己可以支配的，比如兴趣和志向，处世和做人，那就在这些方面好好地努力，至于努力的结果是什么，也顺其自然吧。因为人生原本就是有缺憾的，在人生中，有时是需要妥协的。

不要在等待中让青春被虚耗

有一天，你不知道是什么时候，你会驱车上路。有一天，你不知道是什么时候，你会遇到TA，你会被爱，因为你今生第一次真正不再孤单。你会选择不再孤单下去。

——《岛上书店》

跟一群单身同龄的朋友聚会，被问到单身多久，我掰着手指头数了数，三年，还有半个月就整整三年了！

连我自己都不知道，明明觉得才分手没多久，怎么一下子就过去三年了，时间是不是快得有点让人难以接受？

现在还清晰地记得，分手时前男友说："如果两年后我们都还单身，那就再在一起。"我当时信誓旦旦地说："呸，两年后我早就结婚了，搞不好宝宝都生出来了。"

可是现在，一又二分之个两年都过完了，我竟然还单身，而且连让他变成前前任的能力都没，说起来真是有点没面子！

那么，一个人单身久了是什么感觉呢？

有人说：像是在给前任守寡！简直不能同意更多。

你明明早就把跟前任那段陈年旧事忘到九霄云外了，可总有人以为你不恋爱就是没放下前任，甚至还会半同情半关心地说上一句"要不就还跟前任在一起呗，反正又没遇到新欢"。

就连相个亲，对方都会小心翼翼地问："你是不是还喜欢前任啊，确定已经从失恋的阴影里走出来了吗？"

阴影什么啊，本宝宝从来就不知道"阴影"是个什么鬼，没有恋爱谈仅仅是因为桃花运太差，偏偏就遇不到一个大脑电波在同一个频率的人。

单身的久了，很多人都会认定你是眼光高，谁都看不上，甚至邪恶一点的人还会一脸鄙夷地对你说一句"也不看看自己的条件，找个差不多的就得了"，或者善良一些的会劝你"下一个不一定会更好，不能要求太多"。

我记得三月份发布那篇《我心里有爱，但差一个你》的时候，有人留言说我要求太高了，然后我问一个朋友，"我要求高吗？具体要求也就是不抽烟、少喝酒、不玩游戏、父母双全，这就要求很高了吗？"

朋友说："不高啊，你的要求从来都不高，但你必须承认你很挑。"

好吧，我承认，但是要求高和挑剔根本就是两码事。

很多人都以为你单着是想找一个更优秀的人，所以他们会劝你要正视自己的现实，因为优秀的人还不一定看得上你呢，所以你找一个不好不坏的人就嫁了吧，而实际上我们选择单下去，为的并不是寻觅一个多优秀的人，而是期望碰到一个与自己合拍的人，这个合拍包括三观，包括个性，可能还有爱好与生活习性，但最重要的一点是，能够彼此懂得，你要知道如果每天面对一个不懂你的人，连沟通都有障碍的话，那可能比孤独终老还要痛苦。

知道每次我妈对我催婚的时候，我都用什么理由把她摆平吗？

平心而论，我妈跟我爸也算是一对恩爱夫妻了，虽然偶有争吵，但一起生活了三十年，早就谁也离不开谁了，可是有一点我妈一直耿耿于怀，那就是，我爸不懂她！

我爸绝对是一个"全世界都背叛了你，我会站在你身后背叛全世界"的反面教材，他永远用最理想的妻子、儿媳、母亲的标准来要求我妈，有一点做得不够好或者被别人挑剔，他就会认定是我妈的错。

从小到大听到我妈发的最多的牢骚就是，我爸从来不体谅人，她有任何不开心都不能跟自己老公倾诉，因为他体会不到，也拒绝去体会，他的思维是：一个有教养的女人，应该有最强的包容心，你抱怨就是你不好。

所以，每次被催的时候，就把我爸搬出来，"别催我，万一随便扒拉一个我爸那样的怎么办？你就说跟他生活一辈子，憋屈不憋屈吧。"

虽然这样说有点对不起我爸，但这一招对付我妈却是屡试不爽。因为她比我更知道，跟一个不懂自己的人生活一辈子是什么感觉。

电视里一演大龄单身剩女，总是一副优秀得不得了的样子，《欢乐颂》里的安迪，《我愿意》里的唐微微，《胜者为王》里的盛如曦，基本都是有钱、有颜、有智商，她们的剩下大概真的是因为太优秀了，但并不是每一个姑娘剩下，都是因为遇到的男生不够好，相反也可能是自己不好，站的不够高，所以那个"对的人"看不到！

我其实不喜欢那种"单身是最好的增值期"之类的话，如果你找到了自我，遇到合适的人，也许两个人一起会成长更快。

但我不得不说，单身是让我们看清自己的最佳时期。

当你恋爱的时候，很容易一叶障目，只看到跟他一起的琐事，比如结婚、生孩子、家庭……可单身的情况下，由于心无挂碍，你的视野会开阔很多，但你更多关注到的会是自己，在独处的时候，你会看到自己的种种缺点与不足，你会更明白自己该走一条怎样的人生道路，你会清楚你真正想要的爱人是什么模样，你会在单身时逐渐领悟，如何去爱与被爱。

我不觉得这个时期一定能让人变得多优秀，因为"优秀"本身就是一个相对概念，但在心智上，我相信，你会成为一个"长大了"的人。

三年中，我清楚地看到了，单身给自己带来的巨大变化，而这变化让我觉得欣喜而满足。

从前的自己虽然不拜金，但很没责任心，懒得养活自己，总想把经济的重担都压到男朋友身上，让他一个人去承受，以为我自己只需要做背后的贤内助就够了。

但现在，我愿意且有能力去做一株木棉，"我们分担寒潮、风雷、霹雳，我们共享雾霭、流岚、虹霓"，这才是爱情的正确打开方式。

从前的自己，敏感、脆弱，严重的公主病且自以为是，后来想想，这些大概都是因为自我不够强大，把太多精力放在身外的琐事上，而现在，我知道自己有更多重要的事该做，人的精力就那么多，必须把全部最宝贵的精力都放到自己身上。

所谓的"单身久了会习惯"，我并不认为是一件坏事，那说明你已经学会了享受孤独，并且知道如何更好地与自己相处，不需要另外的人来填充自己的生活。这时候，你不会再因为寂寞而胡乱的去爱人，更不会为了结婚而随便的嫁一个人，这时候的自己是完全独立的，这时候遇到的爱情才是最可靠的。

有朋友问我，再这样单下去会不会就不婚了，我说不会，我虽然不认可婚姻是人生必经之路，但还是充满期待的想知道结婚，自己创造一个家庭、一个生命，是一种什么样的体验。

所以，我还是会一直等那个人出现，他不来，就一边赚钱一边等，一边健身一边等，一边学习一边等，一边成长一边等。

我不在等待中让青春被虚耗，而是在生命的节节绽放中期待一种更完满的人生。

看开了许多事情，没什么非你不可，也没什么不可失去。愿意留下来的人，就好好相处，彼此信任；想要远走的，就挥挥手说声抱歉，恕不远送。好好做事，努力挣钱，学会负该有责任，也学会摒弃不必要负担。人生苦短，不想计较太多，与其在纷扰中度日如年，不如让自己在舒适中耗尽余生。

人生，因缘而聚；因情而暖。世上之事，就是这样，该来的自然会来，不该来的盼也无用，求也无益！有缘，不推，无缘，不求！来的，欢迎，去的，目送！一切随缘，顺其自然！人世间的事情勉强终归不能如意，强求势必不会甜蜜！我们能做的就是，尽心尽力做好自己，世事大抵如此，努力无悔，尽心无憾！

当初有勇气拿得起，
现在就请务必要有勇气放得下

小堂弟经常会在后台收到粉丝的情感咨询："我放不下他/她，怎么办？"

很多人可能都听过这个寓言故事——

一个苦者对和尚说："我放不下一些事，放不下一些人。"和尚说："没有什么东西是放不下的。"他说："可我就偏偏放不下。"和尚让他拿着一个茶杯，然后就往里面倒热水，一直倒到水溢出来。苦者被烫到马上松开了手。和尚说："这个世界上没有什么事是放不下的，痛了，你自然就会放下了。"

希望下面这些文字能带给你一些启示，共勉。

我认识泡泡也已经有好多年了。

她是个活脱脱的才女，有事业心，长得也很好看。她有一个男朋友，叫郑冶，他们两人在一起差不多有三年了。

这号称是泡泡男朋友的郑冶，很少会出现在我们的视野当中，平时也很难邀请到他来参加我们朋友之间的一些聚会，我们虽然身为泡泡的好朋友吧，但老实说，我们对他可真是一点儿都不熟悉。

我们也看得出来，其实在泡泡内心，她是很在意郑冶的，一心想着要嫁给这个男人。

每次，如果我们几个说起关于郑冶一点不好的时候吧，泡泡就主动开启自己的护夫模式，我们还调侃她：这都还没嫁进门成为郑太太，就这样护着了，要是真成了郑太太，说你老公几句不好的，你不得打死我们几个啊！

可是，我每次看到他们俩在一起的时候，我也不知道是为什么吧，就总有一种说不出来的别扭的感觉，一点都不像别的情侣那般自然融洽。

虽然，在我心里并不是很看好泡泡跟郑冶之间的爱情，但我也没有过多的去评价参与，因为这毕竟是他们的爱情，我作为一个旁观者，有时候需要摆正自己的位置。

虽然可以说些自己内心的小感受小建议，但关键还是在于他们自己吧。

而就在几日前，泡泡有气无力的跟我说，她已经跟郑冶分手了。

虽然，我并不看好他们之间的这份爱情，我也一直觉得，他们俩分开比在一起更明智些，我没有想到的是，他们俩这么突然地就说再见了。

"泡泡，你们俩是怎么了？你怎么放下他了？"我问她。

泡泡有点苦涩地笑了，缓缓开口跟我说道：

也没啥吧，就是，当你发现一个你爱了这么久念了那么久的人，你在他心中的地位依旧是那么的可有可无的时候，其实，心里真的还是挺落寞和心酸的。

前阵子，他出差几个月刚回来，说太晚了，就住机场附近一位朋友的家里。

那天晚上吧，我接到他回来的信息很是开心。于是，我跟他约好明天早上要见面的，我还很不好意思地推了要跟同事一起去看的电影呢，那晚我兴奋的都有点睡不着觉了。

可是，我还是很早就出门了，结果你知道我等来的是什么吗？

我去到附近等他，因为怕打扰到他休息，就等着他来联系我。我等了很久，他都没有给我任何的消息。后来吧，等得有点久了，我就打电话过去找他，打了几个没人接。过了会我发了微信过去给他，结果啊，过了好一会，人家回复我说，他已经回家去了。

你知道那时候我的心有多寒吗？

我跟他在一起有三年了，他已经出差几个月，我真的很想他，一知道他要回来了，我就迫不及待地想见他，我可以兴奋到整夜都睡不好，我可以睡不好都能早早醒来，只为了来见他。而我显然拿热脸贴人家冷屁股了。

可是最后呢？我换来了什么呀？

人家冷不丁地走了，冷不丁的什么都不跟我说一声，没有任何的解释，没有任何的歉意，那一刻，我的心从来没有这么冷过，从来没有那么坚定的要离开他。

不爱我的人，我为什么还要死攥在手里？

这样一想的话，我也就愿意放下了……

泡泡眼角还是流下眼泪来，但一下子她就擦掉了快要奔涌而出的委屈和眼泪。

我看着泡泡这样很是心疼，她对郑冶的这份爱情是真真切切如假包换的，可是到头来，她又得到了什么呢？

如果换个角度再来想一下的话，这其实也不失为是一件好事吧。

如果泡泡没有离开郑冶，两人最后还误打误撞地走到了婚姻里，也许这才是他们两人最大的悲哀吧！

有时候你是能感受得到，对方真的是不爱你不在意你的。可是有时候，你宁愿认为这是自己产生的错觉，然后选择自欺欺人，也不愿认清他没那么爱你的真相！

都说一个人爱你不爱你，你是能感受得到——你内心直观的感受告诉你，他没那么爱你，不是非你不可。

所以那时时候，你一定不要忽略这种感觉，因为这种感觉不会空穴来风的。

在几年前，我也曾很喜欢很在意一个人——

巴不得把自己有的都给他，哪怕不知道在他心里究竟把自己放在什么位置，只要他开心他幸福，我就别无所求了！

可是到后来，我发现没有一点回报的爱真的是很累人的，我根本不知道他对我的爱到底有几分或者说他究竟爱没爱过我？这些，我全然不知！

有一天我却恍然如梦：

我，真的真的很想跟他在一起，很想努力配得上他，我还思考了我跟他的种种未来。所以，我努力想摆脱自己身上的那股稚气，尽管那时候我也才二十岁左右，在他面前不敢表现出自己不太成熟的一面，不敢逾越的太多，怕稍微不妥，他就觉得我不好了。

可喜欢了他很久，暧昧不清了一段时间，却始终得不到我想要的回应，那种若即若离，恍恍惚惚的感觉还真是难受，一直把自己放到尘土里去喜欢他，也不敢太惊扰了他，总是放不下过去也放不下他！

后来我想，你放不下他？想想人家是怎么轻易放下你的吧！你为他哭死哭活的，你把人家看得是那么的重要，你把自己累成狗，你把你的心腾出那么大的位置留给他，可最后呢？

爱情需要回报，必须要有回报，没有回报的爱情是不会长久的，不承认爱情需要回报的，其实都还挺伪善的！

喜欢一个人，应该是可以让你做那个比较真实的自己的。

如果你在他面前，要掩饰太多，动不动就要考虑这样说他会不会喜不喜欢，这样做他接不接受。这样的感情，实在是太累人了，也注定了不会长久。

好的爱情，是不会太复杂的，也是能让彼此都感到最简单的舒服的！

放下一个自己那么爱那么在意的人确实不是一件简单的事，但是无论多么的不简单，有些人有些事早就注定了不是你的了，早就注定了你是要放弃的，无论有多难。

你心心念念的，在那边却始终都没有回响。独自难过的你，他是不会心疼的！

爱情这种东西，感觉是很重要的，也许大多时候拼的只是天分，而不是你努力的程度：他随便勾勾手，你就心动了，而你在他的世界里努力扮演小丑逗他开心，可能，他真的只是把你当成一个小丑罢了！

无论如何，你都不要觉得，你没有了他，就等于没有了全世界。

在这个世界上，谁没有了谁都能好好地活着，如果你为了一个不爱你的人，使劲折磨自己，把自己搞得一塌糊涂，他是不会心疼也不会因此而失落的，到最后累的人苦的人还是自己啊！

放下那个不爱你的人吧，不久的将来那个爱你的人才能走进来，你的未来才会更绚丽多彩！

放下那个不爱你的人吧，因为你配得上所有的美好，你值得拥有好的爱情！

当初有勇气拿得起，现在就请务必要有勇气放得下。

所以如果你想放下一个人，只需做到一点：意识到ＴＡ并不爱你之后，给足自己理智和坚定的勇气，然后转身离开，不管有多痛，最后你可能依然会忘不掉ＴＡ，但一定会放下的。

放下那个不爱你的人吧，不久的将来那个爱你的人才能走进来，你的未来才会更绚丽多彩！放下那个不爱你的人吧，因为你配得上所有的美好，你值得拥有好的爱情！

永远别忘了当初带你出道，给你机会的那个人！即使有一天他做得不对你心，也不要埋怨对方的不好，常怀知遇之恩，感谢他给了你丰富自我的机会！如忘初心，麻烦自己努力回忆找回来，保护那颗感恩的心，感谢生命中帮助过我们的每一个人。

给那些微不足道的关心一些回复

1

"唉，我妈好烦啊。"表弟刷着手机，向我抱怨道。

"怎么了？"

"她每天发微信给我，都是：早饭吃了没、午饭吃了没、晚饭吃了没……好像我在她眼里就是不会吃饭一样，烦死了。"

没等我接话，表弟接着吐槽说："还有就是提醒我记得多穿衣服少熬夜什么的，都说了十几二十年的了，也不嫌累。"

"她是关心你嘛。"

"我也知道是关心啊，不过都那么大了，这些关心挺多余的。"

我想了想，对表弟说："可能她只是想找你说说话。"

"可能吧。"他没再答复，继续摆弄着手机。

我觉得挺讽刺的。

小时候的我们，追着喊着要和父母说话，遇到任何疑问都是第一时间询问他们，有了小秘密也最愿意和他们分享。如果父母显得稍微不重视我们，我们就会通过哇哇大哭满地打滚的方式来求得他们的关注。

随着年龄渐长，爸妈对我们的关注丝毫没有减少，我们却把他们的每一句关心，都视作了多余的打扰。

我想起了之前的一件事。

2

有一年国庆放假回家，到家那天已经是晚上了。舟车劳顿，我和爸妈随意打了个招呼，一如既往地把自己关在房间里，打开微信向朋友们报平安。

没过多久，我妈就推门进来了，拿着一个洗好的苹果递给我，说："你饿不饿？先吃个苹果。"

"不饿，我不想吃，你先放着吧。"我一边说着，一边打开了手边的电脑。

她看我低着头，注意力都在电脑上，估计也不知道接下来要和我说什么，就识趣地说了句："你自己玩，等下做饭给你吃。"于是便带上门离开了。

十几分钟过后，我妈敲门进来，端了一盘切好的烤腊肠放到我床头，说："不吃苹果的话吃点肉，先填填肚子。"

我始终没有抬头，盯着电脑回答说："我真不想吃，你拿回去吧。"

我的语气有点冷漠，她知道我不想搭理她，说了句"好"就出去了。

原以为终于可以安心玩电脑了，没想到才过了一会儿，我妈又来敲门，说："你要吃水饺吗？我煮给你吃。"

这次她没有自己推门进来，好像在等我的允许，可我实在是不耐烦了，对着门外吼了句：

"你别来烦我了，我不饿！"

门外一片寂静。

我拉下脸继续玩电脑，隐约听到离开的脚步声，也无心在意。

大概过了半个多小时，我已经快忘了我妈惹我生的气，玩电脑玩得忘乎所以。

"在吗？"突然听到我爸在门外问，语气中带了点怒气。

我抬起头揉了揉眼睛，随口应了声："在。"

我爸推门进来，一脸严肃地问我："你是不是凶你妈了？我看到她刚刚在房间里哭。"

"啊？"在我有限的印象中，我妈从来没有哭过。

我顿时心里一紧，才察觉到自己做了错事，羞愧和懊悔瞬间涌上心头，赶紧放下电脑，对我爸说："我去看看她。"

走出房间听到厨房炒菜的声音，看到老妈瘦弱的身躯淹没在油烟里，难怪她的皮肤越来越黄了。

我轻声走到她身后，羞愧难当，寻思着怎么道歉。

没等我开口，我妈回头看了我一眼，说："你饿了吧？饭马上做好了。"说完又转过头去顾锅里的菜。

看到她眼睛还是红肿的，我心里像是被绳索勒紧般难受，说："妈，我说话重了点，是我错了。"

我妈没说话，默默把菜盛进盘子里摆放好。

我以为她还在生气，没想到她却转过身来，对我说："儿子，你没错，是我太啰唆了。有时候我想和你多说说话，又不知道要说什么，就总是说些多余的话。"

明明是我伤了她的心，她却在自责是自己太？唉，让我越发觉得自己罪该万死。

我强忍住想哭的冲动，耍嘴贫说："不不不，不多余，我妈说的话比歌还好听！等下我就把你做的饭全部吃光！"

老妈叹了口气，笑了笑说："你要是一直那么会说话该多好，快去等着吃饭吧！"说完转身继续给我做菜。

"嗯！"

我也赶紧低头离开，怕她看到，我不争气地流下了眼泪。

3

网上有很多这样的段子。

"有一种冷，叫你妈觉得你冷。"

"有一种饿，叫你妈觉得你饿。"

……

父母的关心，在我们眼里显得多余而微不足道。

但是，世界上没有任何一个人会比我们的父母更愿意和我们说话。只是他们想和我们说话，却往往不知道该说什么。

我们语气上的不耐烦、态度上的不在乎，让他们一次次欲言又止。

话到嘴边，就只剩下"吃饭了吗？"

"你饿不饿？""你冷不冷？"等等一系列让我们感到不胜其烦的多余的关心。

都说孤独寂寞是现在年轻人的通病，我们经常在朋友圈矫情"找不到可以倾诉的人""找不到可以说话的人"……

可我们却从未想过，也许这时候父母正在一遍遍地刷新微信消息，心想着也许我们会找他们说说话。

总有两个人会在深夜一直打开你的微信对话窗口，任刺眼的亮光照射着视线日益模糊的眼球，却迟迟等不到一个表情的回复。

他们虽然不懂为什么我们的朋友圈是一条横线，不懂为什么和我们说话的时候我们却总在看手机，不懂为什么我们会对某位小鲜肉大明星如此痴迷。

但是他们懂得比任何人都知道如何去爱我们。

而我们却不懂得，多说几句话，去回应他们的关心。

　　再合适的两个人，如果不去关心，慢慢就陌生了！再深的感情，如果不去呵护，慢慢就淡了！许多熟悉的事，不去回味，渐渐就忘了！不要伤害对方，真的伤了，谁也不知道还有没有机会再去挽回！不和你计较的人，不是傻，是舍不得你伤心……让着你的人，不是笨，而是在乎你！

最合适的两个人，不是在一开始就一拍即合，而是愿意在未来漫长的岁月里，为了彼此而变成更好的两个人，翻山越岭，最后才发现最好的人不在远方不在未来，原来你和我才最般配。

理想中的爱情

有人问我，你想要的理想中的爱情是什么样子？

我回答是舒适的爱情。

对方认为我没有说实话。

我问何以见得？

对方说，我是问你去除所有顾虑的情况下。

我说，对，就是舒适的爱情。

1

同类对话在现实生活里很常见，因为在大家的第一反应里，舒适的只能是条件，而条件舒适的爱情就一定不纯粹。

好像全人类理解的罗曼蒂克都是罗密欧与朱丽叶的至死不渝，绝对不可能是"伯爵和伯爵夫人一直在他们的花园儿里过着幸福的生活"。

我们一边强调纯粹的爱情不要与金钱物质挂钩，却又一边一定要把它跟"贫穷""荆棘""磨难重重"这种与金钱物质截然相反的元素绑到一起，好像一段感情不是在贫贱中诞生，不是在荆棘里滚得血肉模糊就不能叫真爱。

如果爱情的真相是必须与贫穷和磨难挂钩的话，那真是太可怕了。

王子爱上村姑，要放弃王位出离皇室。小姐爱上皮匠，要隐姓埋名连夜私奔。途中，他们还得被反复抓回去，受逼迫，刑罚，拷打，但即便如此，他们从没放弃过……

如果大家脑子里所歌颂的爱情，要这样血淋淋的，那我真的要说这样的爱情宁可不要。

说到底，人们认为能证明爱情的是什么？——是放弃。

你必须放弃你的地位、你的价值、你的荣誉、你的名声、你的财富、你的一切……你为我宁愿放弃这些，才叫你真的爱我。

真吓人啊！

2

前段时间有个帖子在微博热转，男主相亲，遇到一姑娘，两人开车出行，男主嘱咐姑娘把安全带系上，姑娘答复是："如果你心里有我，怎么会使我处于危险中？就算真有危险，你也应该第一时间保护我。"

网友吐槽这姑娘脑回路奇葩。同样句式换词重填一下"如果你心里有我，怎么会嫌我穷？就算我真的穷，我们有爱情啊，有爱情你就应该觉得幸福啊，如果你觉得不幸福，那是因为你爱慕虚荣……"

发现这种逻辑有多吊诡了么？爱情≠财富，财富越多不代表爱情越纯粹，但越贫贱却越能证明爱情的坚贞。也就是爱情必须是刀山火海的考验，而不可以是享受。

可是在我眼里，爱情就是爱情本身，它不是苦修，而该是轻松的享受，如所有的人际关系一样。它只是一种亲密关系，与其他亲密关系本质上没什么不同，我爸爸有钱愿意给我花我会觉得他待我不错（反之亦然），但我不会歌颂我爸爸穷没有把我扔掉那是因为他太爱我！

也就是我们必须把问题理清楚，而不是所有问题都混在一起说。

富贵是富贵。贫贱是贫贱。爱情是爱情。

如果一个人非要把贫贱的爱情认为才是真情的话，我只能说要么自我安慰，要么居心叵测。

3

金钱和物质是现实生活的第一层基础，我们在现实里都在追逐越来越好的生活越来越多的收入，偏偏轮到考验爱情的对象时，变成"你得跟我一起吃苦"，这不是扭曲是什么？

好的爱情是主动给予，并在这给予中变得有责任感且丰盈充沛。而非要求一方舍弃什么来成全另一方。

真正的爱情是发自内心的勇敢、喜悦、愿意承担，而非一方逼着另一方与自己一起跳崖，与自己一起受苦，如果对方不肯，我们就大骂对方虚情假意爱慕虚荣，甚至进而抨击整个异性族群。

我们常说的一句俗话"输不丢人，输不起才丢人"，我想换到这里再合适不过"穷不可怕，穷到发酸则是恶臭难闻"。

4

所谓舒适，除了外在条件，还有精神/情感匹配。同样有些人觉得我能深深伤害到谁，说明他在意我，或者谁能伤害到我的话，那说明我爱他呀！

还是以"破损"对方作为爱的衡量准则，而不是给予滋养。好的爱情是相互滋养，而非相互击打，我们之所以认为击打式的爱情更深刻，那是因为滋养式的爱情你从来没遇到过。

我们总要试图证明自己手里攥着的东西是真的，所以我们不断催眠自己它是好的，而真相也许是好的东西我们从来没见过。

总不要成空吧，总要证明还得有点什么，于是我们歌颂那些扭曲的、破碎的、残缺的、伤痛的现有的。

可是仔细想想，疼痛有什么好歌颂的？扭曲有什么好迷人的？

如果你明白我到底在说什么，那你该知道比这些所谓的"磨难式的爱情"更罕见的，其实是舒适的爱情。正因如此，我们才该勇敢追逐，奋力成全，而非止于"磨难式的爱情"认为这就是深情的全部。

我爱你，是执子之手相视浅笑，而不是千山万水奔赴油锅。

嗨，我不等了。我决定开始新的生活了。有关于你的一切，我只会埋在梦里，我会努力放下。我要抬起头看蓝天，我要微笑，我要重新找回我的世界。

最好的爱情，不是完美无憾，而是你来了以后，始终赖在身边，再也没走！陪伴与懂得，比爱情更加重要。愿得一人心，白首不分离！

每一个冷暖自知的日子里，你在旁边

那一年，我一个人去澳洲，参加了拜伦湾一日游的旅行团。在车上，有一个来自北美的60多岁的老头，一直牵着太太的手。下车时，我才发现，他太太的腿有点跛。

6月的拜伦湾景色极美。老头一边玩一样地捏着老太手上的皱纹，一边对着周遭的景色发出夸张的惊叫。顽童一样的男人，让身边的老太哈哈大笑。

老太说，她每年至少在全世界跑两趟，他是个小生意人，从前偶尔也会缺席旅行，50岁以后，旅行就是两个人最重要的事。"我腿不好，这些年膝盖时常痛，幸好他陪着。"老太的脸上露出骄傲的笑容。老头说："她一个人，我不放心，我会陪她去她想去的远方。"

一路上，老头背着相机，牵着老太的手，每当他觉得此处风景够美时，就叫老太"别动"，然后举起相机。他笑着说，照片这回事，情绪最重要，所以一定要逗到老太发出爽朗的笑声才按下快门。

那是我第一次看到有一种爱叫"陪你行走四方"，之前太多的故事，我总觉得有杜撰的成分，直到亲眼所见，才懂得：一生最大的幸福是，有人为你鞍前马后，陪你实现你的梦想。

阳光一样照亮你的心

老胡和S小姐是在一个影展认识的，S小姐说，自己永远记得第一次遇到老胡的时候，他端着一张脸，仔细地为她解读一张照片的构图、曝光，那一瞬，她觉得艺术真的可以化平凡为神奇。没多久，他们就成了男女朋友。

老胡毕业于一所名牌大学美术系。毕业那年，他听从父亲的安排，去了一家企业。可他渐渐发现，自己离不开画笔。

老胡对父母朋友说，自己想辞职开画廊。他们都摇摇头，说出一堆丧气话，劝他打消念头。老胡是最后才告诉S小姐的，而那个时候，老胡显得极其抓狂，他已经做好了孤注一掷的准备——S小姐或许会离开他。

"S，我要辞职了，开画廊。"老胡说，他当时真是紧张极了，嘴和心都在颤抖。可没想到，S竟然毫不犹豫地说："可以啊。"第二天，S小姐把自己工作5年的积蓄20万元给了他。

那一刻，老胡忽然觉得自己要像一个男人一样肩负起自己和她的未来。S始终都无怨无悔地为老胡付出，每天为老胡送饭，为他买各种生活用品，每周末为他打扫工作室。晚上很晚了，她在家给老胡准备好宵夜，自己在沙发上睡着了。这些镜头是不是在电视剧里出现过，当出现在老胡面前时，他觉得像阳光般照亮他的心。

现在，老胡的画廊生意风生水起。两年前，画廊只有20平方米，现在已经扩展到40平方米，然后车子也换了一辆，可以看出他有钱了。唯一不变的，他还是那个被S小姐温暖着的他。有一次，我问他，身上的衣服是哪儿买的？他笑笑，不好意思，是S买的，我真是说不上来。他笑得像个孩子，羞涩又自豪。

给予彼此温暖

今年，是我和老陈恋爱的第六年，结婚第三年的开端。认识老陈的人，都知道他沉默寡言，不爱与人说话，至于志趣，与我唯一相投的就是好吃了。

不过老陈一直坚持的两件事，让我特别感动：第一件事是，每一次降温或者恶劣天气的前两天，他都会给我打电话，告诉我该注意什么。另一件事是，每周或隔周回家，他总会给我带一些小礼物，有时候礼物很小，甚至可能是他们单位小卖部里的一包薯片，他会放在客厅，当作是一个惊喜。

我和老陈的生活很平淡，平淡到每天只融入了柴米油盐酱醋茶，但又总觉得日复一日里，彼此给予的温暖，是那么难能可贵。

老陈知道我喜欢写，所以，写作是我躲避家务最好的理由。每一次，他回家的日子，吃完饭，我就躲进书房，而他就慢慢把厨房收拾干净。写完后，他一定要成为第一个读者。有一段时间，我写小说，他花了整整一个晚上，写了满满一张评语，当然，几乎清一色的是意见，只有最后一句是两个字：加油！他时常与我开玩笑：如果有朝一日能开读者会，记得给他第一排的座位，因为要为我倒水擦汗带头鼓掌。

张小娴有一句话是：对于我们每一个平凡人，最庆幸的，是始终有人爱着你的梦想，为你遮风挡雨，也愿意为你浪迹天涯。每一个冷暖自知的日子里，我们都能彼此温暖而微笑地望着前方，不离不弃，就已足够。

遇到一个喜欢的人其实不难，多少爱情都开始于喜欢，结束于了解，后来明白，所谓合适的人，没有定论，大概是三观相似，兴趣可以不同，但决不干涉对方，有话聊，相处和独处一样自然。愿你能把手交给那个能牵着你走完全程的人。

佛言：修己，以清心为要；涉世，以慎言为先。善用其心就是用大智慧觉悟人生，善待一切就是用大慈悲奉献人生。做人的八字方针：信仰、因果、良心、道德。做事的八字方针：感恩、包容、分享、结缘。

能支撑我们走下去的，就是身边在意的那些

有一年我的妈妈做了个小手术。说是小手术，可只要涉及至亲的人，感冒也让人揪心，何况还需要开刀。且不说我作为亲生女儿，就连我从医近四十年已经挂着"老专家"名号的姨妈，以及学了多年临床工作也有六七年的表姐，在手术室外等着的时候，也是紧张得直掉眼泪。

所以在手术之前他们统一口径全都瞒着我，只是最后出了结果一切顺利的时候，姐姐才给我打了个电话让我安心。可我怎么能安心呢？当天就请假奔回家，医院里妈妈恢复得很不错，精神气色都好，还各种跟我们开玩笑聊天，一颗心才算稍微有些着落。

晚上的时候爸爸在医院陪床，我自己回家睡觉。一个人躺在空荡荡的房间里，那些白天深深压抑下去的情绪才慢慢升起来。忙碌的工作是为了什么呢？父母生病的时候都不能陪在身边，一直还觉着自己孝顺。可对于父母的孝顺，并非你努力不让他们操心，又或是给到什么物质上的东西能衡量的呀。越想越难过，眼泪湿了半边枕头。

这时候忽然觉着胳膊上有软软的触感，睁开已经被泪水模糊的眼睛一看，原来是我家小京巴在用爪子拍我的胳膊。我歪着头看它，它也歪着头看我，继续用爪子扒拉我的胳膊，我把胳膊伸开，还以为是压到了什么东

西？结果它看到我伸开的胳膊，扭身躺下，把毛茸茸的大脑袋重重地枕在我的胳膊上。睡着了。

它是有自己的窝的，我在家的时候，经常想抱着它睡，可每次都是一抱到床上，呼噜巴巴挠痒痒的时候还好，一旦想要搂着睡觉，它就会爬起来一抖落毛，走到床沿，啪嗒跳下去。小爪子敲打着地面嗒嗒地走到自己窝里去。它是不和我们睡的。

可那天不知道为什么，可能是家里人都在忙碌只是抽空给它换水喂食而没了平日的陪伴，又或者是平时都是爸爸妈妈在家它忽然觉着少了人害怕，总之不知为什么，它歪着小脑袋靠着我，踏实的，沉沉的，打着小呼噜的睡过去了。一觉到天亮。

难题并没有因此就少了，可哪怕过去好几年，我还是记得那个一个人在家过夜的晚上，因为一只小狗的陪伴，无助的女孩睡了个好觉。

我极少看网上直播的帖子，总觉着是浪费时间，可有一个却是我反复看过多遍的，看一次哭一次。讲的是一个男孩带着两条狗生活的故事，里面让我掉眼泪的桥段太多了，引用两个：

"点点（邻居家的年纪很大的京巴）那时候已经算得上是风烛残年了。户外活动基本取消。只在早上陪伯母出去买菜，晚上在小区门口等伯父下班归来。伯母说，点点陪她去买菜都很勉强，以前它是陪进菜场内，参与整个采买工作。现在它仅能送伯母到菜场口，就趴在地上喘粗气，一直歇到伯母买好菜出来，再一起回去。回程明显的体力不支，常常要歇个两次才能继续走。伯母这么说的时候很动情，一边顺着它的毛皮。"

另一个是我之前也讲过的，男孩摆摊赚钱，旁边的烧烤摊主很好心的给他的狗一些客人剩下的肉吃。

"我记得最清楚就是我摆摊的附近有家搞烧烤的，皮蛋跟卤蛋经常去那里吃别人啃剩的鸡架鸡爪跟没吃完的烤肉。一来二去，跟那家老板混得很熟，有一天有一桌豪客差不多剩下一半没吃完就买单走了，老板把剩下的喂皮蛋卤蛋。到我收了摊，它们还没有吃完。看到我收了摊，皮蛋赶回来站在我旁边了，卤蛋还在埋头吃。那烧烤店的老板跟我开玩笑，说卤蛋送给我算了。我当时讪笑着听，连句反驳的话都说不出来。我苦笑了一下，带着皮蛋往回走，突然听到店主说，哟，还是跟过去了。一回头，卤蛋嘴里叼满东西，在向我的方面飞跑。跑到我面前，叼的肉掉下来一块，皮蛋迅速叼起来吃掉，卤蛋气得大吠，肉全掉了，都被皮蛋迅速干掉。我带着两只接着往家里走，烧烤店的老板在后边喊，这里还有，一边喊一边用脚蹭地面示意，皮蛋头都不回，卤蛋也只是回头看看，接着屁颠屁颠地跟着我一路小跑。"

朋友的异地恋男友在北京陪了她几天之后又赶着飞走了。晚上打电话的时候我问女孩：你有什么想说的么？女孩在电话那头诧异："哎？为什么你们都这么问我？周末的时候我们俩靠在一起聊天，因为知道第二天就要分别，都舍不得睡，两个人都困得迷迷糊糊的，但还是东一句西一句地扯着。然后他就不断问我：你是不是有什么想跟我说的？"

"那你到底有没有呢？你俩在一起，你跟我说的都是琐事，从来没对你俩的关系说过什么，我也想知道你是怎么想的呢。"

"其实，还真的没有。和他在一起，好像没有什么需要我去使劲儿琢磨的东西，就是挺自然的，见到了就大开心，见不到也有小开心。但其实他当时问我有没有什么想和他说的，我说没有，然后就把头埋在他怀里靠着，可不只怎么的，眼泪就掉下来了。他大概以为我是因为明天就要分开而难过吧？可并不是。""那到底是因为啥？"一边加着班一边电话的我有点不耐烦。

"我抱着他的时候，脑子里响起的就是陈升的那首歌，不再让你孤单。他一直跑来跑去，也习惯了一个人。我每次说心疼的时候他都打断我，所以也不想再多说，反而矫情。但那么满满的抱着他的时候，心里还是觉着发紧，我确实是什么都做不了，所以我只能在可以在一起的时间里，抱着他，有时候说说话，有时候什么都不做，只是听他心跳呼吸。反正，我想他知道，有我陪着他。"

这三个故事放在一起，好像并不够搭，就像之前有人回复我：狗怎么能和人放在一起相提并论呢？难道你是用狗自比啊？其实我并不介意什么自比啊？我觉着很多养过狗的人应该都不介意吧？因为在这些故事中，我想说的，是"陪伴"的这个概念，我家小京巴，故事二中的狗狗们，甚至第三个故事中的姑娘，他们能做什么具体的事情么？好像真的是什么都做不了，但很多时候，能支撑我们走下去的，就是身边在意那些吧，无论是人，还是宠物，他们给你的陪伴，都是我们在前路凶险又漫漫时，往下走的勇气。

所以，就算被比成小狗又如何呢？能给到心爱的人陪伴，累的时候做他的港湾，心甘情愿。

人生中，你要知是非以不辩为解脱，烦恼以忍辱为智慧，办事以尽力为有功，处人以真诚为品格。做人的方略是：把好自己的口，明了心中的事，干好手里的活，走好自己的路。

如何让你遇见我，

在我最美丽的时刻。

为这，

我已在佛前求了五百年，

求它让我们结一段尘缘，

佛于是把我化作一棵树，

长在你必经的路旁。

阳光下，

慎重地开满了花，

朵朵都是我前世的盼望，

当你走近，

请你细听，

颤抖的叶是我等待的热情。

所有的萍水相逢，都需要我们好好珍惜

众所周知，白娘子在修行千年后，终于幻化成人，于清明佳节，跟许仙相会于西湖断桥，并同舟共济，开启了一段旷世奇缘。对许仙来说，他跟白素贞的邂逅，是一份"千里来相会"的有缘，也是一种不可思议的巧合。

但事实上呢，这次看似偶然的相遇，其实早有预谋。正所谓"千年等一回，等一回啊"，自打1700年前，被当时还是小牧童的许公子救下

后，小白蛇便开始努力修行，日夜加练，只为了早日报答救命之恩。

虽然，这不过是一个神话故事，象征着爱情的甜美和因果循环。但其实如你所知，任何的故事，都是来源于现实。

尘世间，哪有这么多上天安排的相遇，又有多少命中注定的邂逅？所有的不期而遇，不过是蓄谋已久。

在韩国文艺大片《晚秋》里，有这么一句经典台词：你以为的巧合，不过是另一个人用心的结果。电影的女主角，是一个因杀夫而入狱多年的女犯。在暂时保释回家的火车上，她邂逅了帅气无敌的男主角，随后开展了一段浪漫而曲折的爱情。但让人意想不到的是，玄彬是一个情场浪子和软饭高手。在火车上，他不过是刻意去接近汤唯而已。

其实类似的爱情，在现实生活中，也会时有发生。

比如说，某一天，你开着一辆宝马X6，稳稳当当，不踩急刹，不乱变道，暖阳高照，路况良好，突然就被后面的车给追尾了。一下车，发现居然是位女司机，而且还是个模特身材的软妹子，然后你们认识了，尝试交往了，甚至还结婚了。但其实，这位妹子早就对你仰慕有加，倾心已久。于是，为了这次看似巧合的追尾，她准备了很久，努力了大半年，硬是从一个连单车都不会骑的车盲，变成了一个敢把汽车开上高速的赛车手。

当然，你非要说这是圈套，带着欺骗的性质，也未尝不可，但如果这份爱情发展顺利，情感真挚，姑娘只图人不图财，那跟传唱至今的"白娘子认识许仙"的故事有什么区别？

我有个上海朋友，瑜伽老师，身材很棒，颜值上佳，但却单身多年，黄金剩女。前几天赶上光棍节，总算是脱单了，找的还是个韩国男友。抱着写字者的天然嗅觉，我迫不及待要求其分享其中的故事。果不其然，这一段浪漫的异国之恋，还真是暗藏乾坤。她说，她是在地铁上遇到这个欧巴的。

那天，西装革履的欧巴，用蹩脚的普通话向她问路，而她刚好去的是同一个地铁站。于是，她便发扬了热情好客的大国风范，跟他一路同行。临分别前，欧巴表示非常感谢，并用蹩脚的中文，跟她说了这么一句话，让她一直印象深刻：看到你的第一眼，我就有一种"you are my destiny"的感觉——如你所知，这是一首《来自星星的你》的热门歌曲。

让她觉得巧合的是，一个礼拜后，在瑜伽馆上班的她，中午出来吃饭时，居然再次碰到了那个欧巴，他说刚好路过这。这一次，他主动要求加她微信。他说，自己的普通话不是很好，有时候可能需要她帮忙发语音沟通，而他在中国没什么朋友。

几次沟通后，她愕然发现，原来此公的所住之地，就在她家附近那个地铁站。当然，欧巴也发现了这点，于是坚持每天跟她一起上班，帮她买早餐，挤地铁，偶尔还送个小礼物，一来二去，也就熟了。

直到后来，男友才把事情的真相告诉她，其实他是一个驻华工作人员（具体什么单位不便公开），普通话很好，而且他之前是跟踪了我朋友，才知道了她在哪里上班，哪儿居住，坐几号线地铁……

听完朋友的故事，我特别有感触，你们觉得呢？这位费尽心思追求真爱的男生，到底是用心良苦，还是居心叵测？

其实，这也让我想起多年前，曾读过的一封情书，里面有这么一段感人的话："无论是在学校某一角，还是十字路口，是偌大的体育场，还是回家的路上……你以为，你走到哪里都可以看见我，都是不期而遇？你以为那么多的邂逅，真的是巧合？不是的，是因为我计算了每一个可以出现在你视野的时间。"

王家卫曾说过，世间所有的相遇，都是久违的重逢。

意思是说，茫茫人海，乱世浮沉，其实所有的相遇——哪怕是擦肩而过的交集，或是顺其自然的故事，甚至有幸结成一段旷世良缘，都是因为过去的彼此，以某种未尝察觉的方式，曾相互接触过。

退一步来说，哪怕你们之前确实没有任何联系，毫无瓜葛，也不存在所谓的前世今生宿命论，但依旧可以说是你（或对方）用心的结果。因为每一个人，只会吸引到跟自己磁场相近的人。

换言之，一个人在追梦和逐爱的路上，最终会吸引到的，一定是跟自己性情相近的人，这便是所谓的"同性相吸"理论，也是全球畅销书《秘密》里所谈到的"吸引力法则"。

佛家有云：前世的五百次回眸，才换来今生的擦肩而过。也就是说，每一次在茫茫人海中的巧合擦肩，都藏着那么多的用心回眸。正因如此，所有的萍水相逢，都需要我们好好珍惜。

记得，诗人席慕蓉也曾写过一首诗，诠释了其中的含义，题目是《一棵开花的树》："如何让你遇见我，在我最美丽的时刻。为这，我已在佛前求了五百年，求它让我们结一段尘缘，佛于是把我化作一棵树，长在你必经的路旁。阳光下，慎重地开满了花，朵朵都是我前世的盼望，当你走近，请你细听，颤抖的叶是我等待的热情。"

尘世间，哪有这么多上天安排的相遇，又有多少命中注定的邂逅？所有的不期而遇，不过是蓄谋已久。你以为的巧合，也不过是另一个人不断努力的结果。

不要太早遇到对的人，人生遇到的每个人，出场顺序真的很重要，很多人如果换一个时间认识，就会有不同的结局。

她永远也不会知道的真相

　　和胡笳相识的时候，她正在延续一场轰轰烈烈的爱情。

　　那时，她刚大学毕业，回到家乡正无所事事，爱情也便成了她唯一的牵挂。而那个和她牵手两年的男友——陆宇辉，此时正在贵州的一个山区的小学里支教。

　　她常常会骂自己。这一切，本来不是这样子的。陆宇辉曾经和她约定毕业后到南方的大城市闯荡，然后在那里生根发芽结婚生子的。可如今，他们却要天涯相隔，渐行渐远了。这一切都源于她的提议——临毕业前，到贵州的山里去探访一下原始丛林。于是，便有了在深山寄宿的际遇。

　　那天，在一个漆黑的夜晚，他们探询了许久才终于找到一个可以留宿的地方——一所藏在深山里的学校。他们向学校里的老师讲明了情况后，决定就先住在深山的这所学校里，明天再作打算。

　　那天晚上，他们在墙壁斑驳的教室里，给不同年龄的几十个孩子讲山外的故事。他们伸着脖子聚精会神地听他们说。看见男孩子连鼻涕都流了出来还浑然不觉的样子，她就想偷偷地笑。只有在山风吹落了院子里树上的落叶，砸在地面上噼啪作响时，陆宇辉才会停下来，伸伸脖子向外面张望几下。这时，一旁坐着的老校长就会说，别看了，这里十天八天不会来一个人的。

此时，山林静寂，月光皎洁，只有呼呼而过的风声从窗外路过。

这里所有的教学任务，只有老校长一人担着，教学条件异常艰苦。这是他们无法想象的事实。

那次旅行，没有想到会改变他们各自梦想的方向，可爱情还在，争吵却开始不断。他是个从山里出来的孩子，她应该理解他，可她终究不愿和他就在深山里待一辈子。

毕业后，他们各自天涯，爱情也只有靠书信来维系。于是，那个胡笳才开始出现在她的视线里。

胡笳，一个极普通的邮差，当然是个帅气的大男孩儿，说话还有几分调侃。

"姐姐，那小子脑子灌水了吧？怎么跑进深山里？咳，这么漂亮的女朋友也不要，可惜了。"送信给她时，胡笳第一次就这样对她没大没小地说。

她冲他瞪眼，几分嗔怒。

"这么厚的信封，里面夹带有钱吧？能打开看看吗？"

她忽然就生气了，一把从他手里夺过信封，抽身而去。

后来，胡笳不敢再这样取闹。

交往多了，她知道，他叫胡笳。胡笳骄傲地说，我是你的爱情信使，不对吗？她无语，微笑点头。

陆宇辉的信来得很准时，每个周末必到。那个骑着电车，带着大绿色邮包的胡笳就会在每个周末的黄昏里出现在她家楼下。

每次来信，胡笳都这样羡慕地说，姐姐，你好幸福呀！

她点头说谢，转身上楼，在推开卧室的窗户向外看时，她还能依稀看见胡笳摇晃着身子，慢慢离去的背影。她依窗户而立，开始读信，急不可耐的样子，读着读着，目光由温和渐渐转为哀伤，末了，眼角有时会有泪水润湿。

陆宇辉的信每周一封，很有规律，她会随带回一封，这样子大约持续半年。后来，有一次，周末，胡笛没有送信给她，但还是老远来看望她。她问信呢？胡笛说，没有，然后就好奇地探求他们之间的故事，这时她才简单讲了讲。胡笛临走时说，这小子有病！见到他，看我怎么揍他。说话时，全然没有了往常的调侃，一脸正经的样子。她的脸就掠过一丝感动。

那天，胡笛走后，她沉默许久，泪水夺眶而出，哀伤，也开始一寸一寸在心里生长。

再后来，陆宇辉的信来得就没有了规律。常常一两个月来一封。再后来，就没有再来一封。

最终，提出分手的是她。半年后，她给他去了一封决绝信。陆宇辉的回信，只一个字，好。胡笛把信递到她手里的时候，目光里全是疼惜。

胡笛那天陪她流了很多泪水，和她到一家酒馆里喝得大醉。胡笛说，真没意思。爱情这东西真不是东西！

从酒馆里分手后，她发现胡笛忽然失踪了。

等再次见到胡笛的时候，已经是两年后的事情了。那天她到商场里采购结婚用的家电，突然看见胡笛在一个品牌家电前卖力地推销。她走过去拍他的肩膀。他吃了一惊。

不做邮差了？她问。

不做了。不做好久了。他回答。

她就有些不解，不过她没有再问下去。转身走的时候，胡笛却叫住了她。

胡笛说，姐，我胡笛对不住你。

她转身诧异地看他。

胡笳说，姐姐你找我这个爱情信使算是找错人了，我不是个好邮差。

为什么？她不解。

我的名字就不行呀。你想，胡笳，就是糊涂还加上虚假。爱情怎么能成？

她笑了起来，眉眼飞扬的。

在她转身离去的时候，她没有看见胡笳在用手狠劲捶自己的头。

其实，胡笳想对她说，姐，我对不住你，陆宇辉后来给你的信，我把它私藏起来了。

她永远不会明白，当胡笳发现信件来得少的时候，就请了假，按照她给陆宇辉的信封上写的地址，一路找去。在深山的那所小学，他见到了陆宇辉。他看见异常消瘦的陆宇辉正斜靠在门框上上课，他面容枯黄，声音低沉……

胡笳记得，那天陆宇辉拉着他的手不放，他对胡笳，我知道你来什么意思，本来我想一直欺瞒下去的，现在看来没有那个必要。兄弟，我得了癌症。我会在我不行的时候在信里告诉她，这样子你和她就没有问题了……

这就是她永远也不会知道的真相。

那天，胡笳想说，却又咽了回去，然后看她渐行渐远，泪流满面。

每个人都会找到一个对的人，那个人会对你好，随时随地想你，秒回你的短信，拉紧你的手，给你送早餐，陪你吃饭，听你唱歌，不让你难过不让你伤心。这才是真正要陪你一辈子的人，幸福可以来得晚一些只要它是真的。

命运的礼物晚一点儿，慢一点儿，波折一点儿，只是为了用心扎个漂亮的蝴蝶结。别总抱怨自己命运多舛。世界那么大，多的是你不知道的事。

命运的礼物晚一点儿，慢一点儿，波折一点儿，只是为了用心扎个漂亮的蝴蝶结。

别总抱怨自己命运多舛。

世界那么大，多的是你不知道的事

1

清早忙着出门，竹子没吃早点，在路边摊急急忙忙买了个肉夹馍。

挤上公交车一口咬下去，红色的酱汁四溅，弄脏了她的白衬衫。

竹子在心里把卖肉夹馍的阿姨埋怨了个遍，年龄太大了吧？不记得该放多少肉了？这样做生意还行？

竹子不知道，阿姨每天都会看到这个背着沉重的电脑包，一溜小跑赶着去上班的女孩子，工作辛苦却只舍得买一个肉夹馍充饥。

那天她忍不住把一整个卤蛋切碎了加进肉里。没有多算钱，也没有跟竹子说，只是因为馅料意外地多，所以才会溢出汤汁。

2

上午公司开会，前台小妹端着一托盘咖啡走进来，绕过庄峰直接给别人先分发了咖啡，最后一杯才放到庄峰面前。

庄峰悻悻地想，不就是自己最近做的项目成绩比较差吗？连前台都知道看人下菜碟了。

庄峰不知道，上次开会，前台小妹听他无意中抱怨了咖啡太烫，胃不好，喝了不舒服，于是她特意把最后一杯咖啡给他，是希望可以放得更凉一点儿。

3

中午，林骄走到报刊亭，想买一本期待已久的刊物。

老板今天的心情似乎不大好，说没有了。

林骄奇怪地指着摊上说那儿不是还有一本吗？

老板恼羞成怒，跳起来连吼带挥手：那是我自留的！说了没有就没有！别烦我！走走走！

她气得面红耳赤，扭头离开，想着再也不光顾这破摊位了。

林骄不知道，一个走到她身侧的小偷，正想要把手伸进她甩在屁股后面的挎包里，由于老板的叫骂，也只能停下来任她走掉。

4

下午，上司叫肖薇进办公室。

他说：你将被外派到非洲公干一段时间。

肖薇瞪大眼睛，问为什么，以往被外派到非洲的人员都是公司的落后分子，自己到底做错了什么？

上司说没有为什么，必须服从。

她被噎得说不出话，愤愤地一扭头走掉。

肖薇不知道，上司为了帮她争取这个名额，付出了不少努力。他想升

· 135 ·

肖薇的职，但肖薇太过年轻，董事会决定让这个女孩子去非洲历练两年，回来便提拔到领导层。这是许多人求之不得的好事。

5

傍晚，下了一场雨。

利安独自走在回家的路上，一辆救护车忽然呼啸着从她身边飞驰而过，她被溅了一头一脸的泥水，瞬间成了一只落汤鸡。

她想哭哭不出，只觉得倒霉到家。

利安不知道，自己的父亲刚刚生了急病，这辆救护车就是赶着去抢救他的。担心老人家撑不住，所以加快了速度。

6

小桢出国留学那一天，乘坐的出租车司机是个新手，车速像乌龟，慢得让人抓狂。

赶到机场时，飞机正从头顶呼啸而过。

她欲哭无泪，只能悻悻地去改签。

小桢不知道，几小时以后，在另一班飞机上，会有一个邻座的男生，他幽默的谈吐和阳光的笑容征服了她，成为她的真命天子，呵护她，照顾她，陪她共度余生。

7

母亲给阿睿打来电话。

阿睿正站在刚刚装修好的新房门前，抱怨着单位分的房子多么偏僻，交通多么不方便，听说是老员工遗留下来的，已经很久没住人，不知道荒芜成什么样。还有即将展开的工作多么艰难，薪水多么微薄……

母亲却在电话那端发出中气十足的笑声。

她说女儿啊，你太有出息了！这么年轻就分到了房子，一定工作很努力吧……妈妈像你这个年龄时，还要自己存钱买砖头和水泥，亲手盖房子呢。家里人听说了都羡慕死了。女儿啊，妈妈真的好为你骄傲。

阿睿一边听着电话里因信号不好断断续续的絮叨，一边渐渐开心了起来。

下一秒，她顺手推开了大门。毫无预兆地，一大片玫红色三角梅蓦然出现在眼前，充斥着整个院子，怒放着，如火似霞。

阿睿吃惊地睁大了眼睛。这里的确太久无人打理，却给了这些美丽精灵足够的空间肆意生长。

她慢慢地放下行李箱，对着满院的阳光与花香，忽然幸福地笑了起来。

8

不要对那些生命中的错过充满怨怼，更不要为此堕落和蹉跎。

哪怕颠簸艰辛，风雨难挨的日子，也是无数双手在暗地里轻扶一把的结果，经历过多少次在万丈崖畔擦肩的幸运。

不要觉得遇到的是一只等候亲吻的丑陋青蛙。

尝试在它身上落下一吻吧，王子出现在眼前，一切为之改变。

哪怕在此之前，只觉得所有人都把自己当成一个小丑在尽情戏耍……

有些书翻到最后一页，悲伤的情节才会柳暗花明。

有些画绘到最后一笔，才知明暗光影用意何在，呈现出的又是怎样的流金风景。

有些事在转身后才明白，那些看似无意的举动，流露了多少陌生人的善意与真诚。

总有隐匿于黑暗中的钟楼怪人，徒长了一张狰狞的脸，却有着一颗温柔的心。

无处不在的田螺姑娘，在不知道的地方，一汤一饭，安然长伴。

命运并不是高高在上的掌控者，更多的时候，它是默默陪伴并随时出手拯救的守护神。它给你的礼物晚一点儿，慢一点儿，波折一点儿，只是为了用心扎个漂亮的蝴蝶结。

上天从未抛弃过每一个努力生长的灵魂，也不曾辜负过每一个擦肩而过的生命。

所有不期而遇的温暖，悄然改变着那些看似惨淡混沌的人生。

这世界偷偷爱着你，只有你不知道而已。

其实活着还真是件美好的事
在于风景多美多壮观
而是在于遇见了谁被温暖了一下
然后希望有一天
自己也成为一个小太阳去温暖别人

莫辜负

所有不期而遇的小温暖

从现在起，我开始谨慎地选择我的生活，

我不再轻易让自己迷失在各种诱惑里。

我心中已经听到来自远方的呼唤，

再不需要回过头去关心身后的种种是非与议论。

我已无暇顾及过去，我要向前走。

把关心多留给自己一些，你会越来越好

你们的生活里是否曾出现过这样一个人，他离你很近，每天和你朝夕相处，时常能四目相接；他也离你很远，他不是你下课之后一起玩闹的对象，他不是你心目中的好朋友。可是你又时刻关注着他，他的数学卷子最后一道题是否解出来了，他的作文老师给他打了多少分，他和谁谁的关系最近越来越好。诸如此类，你关注着他，心里和他较劲，下一次考试一定要超过他，作文分也要比他高，但你又不愿意承认你是在嫉妒他。

w和我一样也是个体型偏瘦的男生，但他比我高出半个头。第一次见他，印象很深的是他高高的鼻梁，梳顺溜的刘海和几分书生气。其实之前就听说过他，期中期末时常出现在学校红榜的前几名。分班的时候我和他分在了一起，我的学号最后一位变成了2，而他自然还是1。应该是从那时开始，我的很多无意变成刻意，心里也和他暗暗较起劲。

开学的头几个礼拜，我们之间没有什么交流，但经常会听到同学说：xx，把w的作业借我看看。很多次，我希望他们说的是：xx，把你的作业借我看看。而不是w，不是只有他的作业做得好。

那时候，感觉w也是个特别爱玩的人，课间很少能见到他伏案学习的景象，上课也时常因为打瞌睡而被老师训斥。我当时暗自里还有些高兴，你这么爱玩，上课也不认真，下次考试我定能比你好。第一次月考，各科的卷子相继发下来，每次拿到自己的试卷，身边的同学看到分数都会发出"啊"的响声，我总是强掩着自己内心的喜悦，脸上尽是一副看淡了的样子，可是每次，我这边刚结束，w那里就会发出更大的"啊"字，然后就有人说：这分也太高了吧，w你太厉害了吧。这个时候，我心里的喜悦瞬间荡然无存，他考了多少分呢，会不会比我高，心里反反复复。

每一个骄傲的人，都善于伪装自己，尽管心里很想知道对方的情况，却又不肯放低姿态，怕被人察觉，你原来那么在意那个人，你的骄傲呢。

我不会直接问w考了多少分，只是小声地向别人打听：听说w考了很高，多少分啊？这样，我也能清楚地了解w每门课的分数，然后算着自己的总分和他的总分。第一次月考结果下来，他还是班上的第一名，总分比我这个第二还高出不少。我心里是不好受的，我最怕别人一副漫不经心、一副不努力的样子却能把事情做得比你好，我那么努力才能考第二，而你洋洋洒洒轻松拿第一，你身边充斥着真厉害，聪明，甚至天才之类的字眼。接下来是老师的表扬，尽管我也在表扬的名单中，但依旧在w的后面，他是班主任表扬的重点，而我只是一句带过。说实话，那时候班主任喜欢w确实胜过我。

英语一直是我所有科目里最弱的一项，常常英语卷子发下来，我的分数排不进班上的前五，英语老师对我很失望，也经常找我去办公室谈话，说我作为班上的尖子生英语还是不够好，要我多发时间多努力。记得有一次，英语课练习听力，每次听完老师就会问我和w错了几题，我每次都比w差，英语老师有些生气，发起脾气，他说的话我现在还记得：xx，你知道你和w差在哪里吗？你们俩其他的科目差不多，可你每次总分都比他少，年级排名也比他低，你们俩就是差在英语，要是你的英语比他好，你就是班上第一！我知道，老师只不过是埋怨我没有学好英语，也是为我好，但是当着全班同学的面，听见老师说这番话，我的心里像着了一团火，脸直接红到脖子。

我比他差，你们都知道，但是我心里一直没有承认，也一直在较劲。当有人在人群前说：xx，你就是比w差，不管是学习还是人缘。我会感到崩溃，好像自己掩饰了那么久的心思，被别人看穿。

学校举行作文比赛，我和w都参加了，两个小时的命题作文，题目我已经忘记了，但记得结果，w拿了最高分，一等奖，而我是三等奖，老师说被挑出去比赛的至少能拿三等奖。

学校举行知识竞赛，就是考一张课外知识的卷子，题目覆盖面很广，甚至还有脑筋急转弯，我们班包括我有5个人参赛，我平时很少接触一些课外读物，做起卷子来一点都不顺手。红榜出来，前5名我们班有4个，w也高高的占据着一等奖的位置，而我连榜也没进。老师为此高兴了很久，课堂上点名表扬了他们4个人，而我就像一只受了伤的猫，蜷在桌子上，不敢看老师的眼睛。原来我是那么差劲。

我到底还是个不服输的人，也更加坚定了要超过w的心，学习也更加努力。我开始觉得自己是真的嫉妒他，嫉妒他以轻松的姿态就能取得好成绩，嫉妒他样样都比我好。虽然，我见到他也会微笑地打招呼，也会将不懂的题拿去问他，虽然他也总是笑脸相迎，总是耐心解答。

我不知道是我的较劲，还是别人都在下滑，我记得到初三的时候，我和w的成绩甩第三名越来越多，往往是我两620以上，第三名才580多，年级榜的前10也只有我们两个能进去。

我最后还是超过了w，初三最重要的两次考试，一次是期中考试，我终于考了班上第一，家长会的时候我的发言也终于排在他的前面。还有一次是中考，我比他高出5分。我很兴奋，就像一直打败仗的将军终于在最后赢了过来，喝多少酒也不能诠释的开心。我还记得w在同学聚会上和我说的话：最后一次还被你超过了。他举起杯子敬我酒，我突然觉得很释怀，也很高兴地和他碰杯。

后来我们俩上了同一所重点高中，分在不同的重点班。就像井底之蛙跳出井底，外面的世界人才济济，我成了班上的中等，他也成了他们班上的中等，瞬间失去了锋芒。可能是一下子平庸起来，高中以后再也没有觉得谁像以前w一样让我那么嫉妒，那么想超过。

高中毕业，我和w意外地考上了同一所大学，在那个暑假，我两居然成了特别好的朋友，去大学报到我们一起去，回家也经常一起回。w后来对我说，初中的时候，你还真是努力，因为你我感觉压力很大，生怕一松懈就被你超过了，有时也很羡慕你，总是一副平静的样子，还有数学老师那么喜欢你。不过，也幸好有你，要不然我的成绩也不会越来越好。

我像是被针扎了一下，有些吃惊，我一直以为只是我单方面羡慕他嫉妒他而已，只是我努力去追赶他，接近他而已，我一直以为他就是那个轻轻松松就能考得比我好的胜利者，而我就是那个要很努力很努力才能接近他，超过他的追赶者。原来我错了，我的坚持和努力也让他感到紧张，感到羡慕，也许还有轻微的嫉妒。

年少时候的偏执多少有些让人怀念，常常因为一些小事情而你死我活的样子，现在想来有些可笑，却也是那个年纪最好的品质。你是否有羡慕过一个人，而他正好也羡慕着你，你俩暗中较劲的样子，现在想起来是不是觉得好笑，但是你也突然明白了，其实你很好，你嫉妒别人，也许别人也嫉妒着你，你在别人眼里也很优秀，何必自卑自怜，把关心多留给自己一些，你会越来越好。

女孩子正确的生活方式：清醒时做事，糊涂时读书，大怒时睡觉，独处时思考，做一个幸福的人。读书，旅行，努力工作，关心身体和心情，成为最好的自己。

多微笑，做一个开朗热忱的女人；多打扮，做一个美丽优雅的女人；多倾听，做一个温柔善意的女人，多看书，做一个淡定内涵的女人；多思考，做一个聪慧冷静的女人。记住为自己而进步，而不是为了满足谁，讨好谁。

多怀揣一些真诚的善意，少一些虚假的套路

这个夏天酷热难当，动辄三四十度的高温，申城就像个大蒸笼，我们躲在一个个空调房间里"苟延残喘"，能不外出则尽量猫着，特别是炙热的中午。这样一来，外出吃饭成了个大问题，于是只好叫外卖。

其实现在叫外卖挺方便的，但我一直不怎么乐意叫外卖，原因是之前叫外卖有过一些不开心的经历，比如很晚送到，饭菜质量比起去店里就餐差多了，分量也参差不均，以及外卖商家根本不管不顾各种备注去迎合你的口味习惯等等。使得为数不多的叫外卖经历大部分以不愉快结束。

只是再怎么样也得吃饭。找了家看着还不错的商家，也有不少优惠，于是点了份饭菜，特意说了三遍不要辣以及米饭多放点。付款没多久就接到一个电话，是那家外卖商家老板打来的。原来他们店的外卖的蒸菜都是提前做好的，都放了一点辣椒，但不是很辣，问我还要不要。难得有这么负责任的商家，我哪怕是不能吃辣也不忍说不要，于是应了下来。

然后饭菜就在规定的时间内送到，送餐的是个年纪不大的小伙子，送上来的时候外面骄阳如火，他跑得满头大汗。我一边接过东西，一边让他进来吹会空调。他咧嘴一笑，擦了擦汗，说不用了，还有好几家要跑。我就去冰箱里拿了瓶饮料塞给了他，小伙连连道谢。

这家店饭菜不错，于是后来又点了几次。后面点这家的时候，每次都特别快，而且分量非常足。送餐的基本都是那个小伙，有次我问他，为什么送得那么快。他说那家店是他家开的，只要看到是我的订单，他就让店里把饭盒装的很足，然后送的时候优先送我订的饭，然后才去送其他的订单。一边说着，一边友好地冲我笑笑，被晒得黝黑的脸露出一口洁白的牙。

小伙子朝我憨憨地笑，我心里也是满满的感慨。

我以前租住的房子楼下是一对老夫妻，儿女没有跟老人家住在一起。我每次遇到都会跟他们打声招呼。阿姨的腿脚有点不太利索，进出门一般都是由叔叔搀扶着，这时候看到我会帮忙扶下阿姨上下楼，有时候公司发的一些蔬菜水果我就带回来送给他们。两个老人家对我非常热情，叔叔经常在周末爬上一层楼，然后敲我的门，我要是在家他就要我去他家吃饭。白天上班去了，平时晾晒在外面的衣服也是时常掉到楼下，阿姨就帮我把衣服在她家阳台上晾好，晚上我回来的时候让叔叔送还给我。

后来房子到期，房东以为吃准了我不喜欢搬家，漫天加价，非常气愤。叔叔阿姨知道了这件事情，一方面很不舍得我搬走，一方面也不想看到我受气，于是两个老人家在附近到处帮我打听，发动了他们的一些老朋友，最后他的一个朋友的朋友租了套房给我，房子还不错，价格也很便宜。

后来因为搬家离得远了，也就联系的少了，偶有经过还是会去看看那两个老人，他们依然会特别的开心，拉着我陪他们说说话，挽留我吃顿饭。

我一直有一个习惯，喜欢坐在靠近过道的座位上。这样子遇到一些需要帮助的老人小孩们、怀孕的准妈妈们以及一些手脚不利索的人们，我就能及时给予帮助。长辈们告诫我要心怀善意，与人为善，我就这么做了。虽然做这些事情并没有带给我实质性的好处，然而，助人真的可以使自己快乐。

在我奶奶跟我讲了一件事后，我突然间恍然大悟，想明白了好人有好报这个从古至今流传下来的话的道理。

这是多年前的事了，我奶奶有次坐公交车，忘了带零钱。上了公交车，她站在投币的箱子那，摸索了口袋半天，也没见着一个硬币。就在奶奶特别着急，都准备下车不坐的时候，旁边座位上的一个女孩子站了起来，掏出了一枚硬币投进了箱子，然后跟我奶奶说，已经帮她投了。然后还招呼奶奶到她身边坐，问奶奶后面还要不要坐车，要坐车还会再给我奶奶一块钱。

奶奶那时候自然是万般感谢，要那个心地善良的姑娘写个电话给她，她事后再找人把钱还给她，小姑娘自然是不肯。后来小姑娘跟我奶奶道了个别，在中途某一站下车了。

这件事也突然让我悟了，好人有好报绝对的有道理，它不能保证你不生病，不出意外，长生不老，但是它能保证你在遇到困难的时候有其他的人回给予你帮助。我现在给别人让座，然后也有人给我的长辈们比如爷爷奶奶让座，等到将来我年纪大了，也会有年轻人给我让座。如果人人都心怀善意，世界一定会更加美好。

小至寻常民生，为人处世时与人为善，心存善意，即便不能直接带给你利益，也会给你少树敌。在某天你需要帮助的时候，你曾经善意对待过的人，刚好就在你身边向你伸出了援助之手。不说远的，我身边就有件这样的事情。

朋友阿泰在一家小的软件公司任职，是那家公司的骨干。这家公司虽然很小，目前员工也只有30来人，但是却很赚钱。阿泰不仅拿着很高的薪水，年终还会有公司的部分分红，小日子过得优哉游哉。公司只有三年左右的历史，而阿泰和老板的交情却是好几年。

原来在这之前，阿泰的老板和一位朋友合伙创业，开了一家和现在的公司经营类似的业务，那时候阿泰就是员工。只是阿泰老板的这位朋友（名字叫瑞）不是个好相处的主，也不是个当Leader的好人选。虽然阿泰的老板以及阿泰本人都承认瑞很有才干，然而为人确实非常狂傲，不仅有点目空一切，眼高于顶，而且特别挑剔，脾气不太好，经常找员工的茬，而阿泰现在的老板当时非常照顾他们那些员工。

创业期的软件公司，员工以及领导的压力本身就很大，那时候公司没名气，也没多少渠道，长期没有订单。阿泰现在的老板负责技术部分，经常跟员工同吃同住，努力打拼。而大老板瑞却会在遇到问题的时候各种指责自己的员工。不少的员工能承受外部没有订单，前景暂时一片黑暗的压力，却承受不了内部一把手的各种挑刺和精神打击，于是纷纷离职。两位老板平时也是经常争吵，却无法解决问题，最后阿泰的老板选择了退出另起炉灶。

阿泰的老板从头再来，阿泰闻听消息毫不犹豫辞职来投，同样跟来的同事还有不少，那些以前离职的老同事也有闻讯而来的，阿泰的老板自然是欣然全盘纳于麾下。这样子有了最早的班底，再没有人掣肘以及手头上几年里掌握的一些资源和经验，第二次创业阿泰的老板顺风顺水，公司顺利渡过创业初期的难关然后实现盈利。现在公司的员工虽然不多，规模不大，然而主要的领导团队大部分是多年相随的老员工，非常的稳固可靠，前景一片大好。而此时再回头看之前的那家公司，业已关门大吉。

时至今日，我们早已看厌各种各样的成功学，纷繁的说辞都已烂熟于心，其实成功哪有那么多说法。要成功做起来艰难，说起来却是一目了然。一个领导者如果能一直坚持不动摇的去做一件事，在这个过程中，对待他人总能心存善意，然后得到许多人的善意，那么他也就离成功很近了。

说到成功，想起了严介和的"赔5万不如赔8万"这个写入了美国哈佛商学院的经典案例。客观说这样的选择肯定有着商人的一番考量，然而严介和若不是心中有着这份对社会的善意，他可能会想着用其他的方式去获利。他不会选择以最好的质量最快的速度完成这么一个小工程，从开始的亏五万到后来赔了八万。而若不是这样一个小小的工程，有质量有效率，入了当地地方部门的眼里，获得了他们最大的善意，也就没有后来声名显赫的太平洋建设。

有时候对别人的一点善意，只是我们的举手之劳，而那个获得我们善意的人，也许你对他伸出的善意之手会是将来某一天你的救命稻草。顾荣施炙的故事告诉我们，不要瞧不起身份低微的人，善待你身边的，你遇到的每一个人，也许某天就救了你自己。

我曾经看到一个记忆深刻的街拍视频。视频里一个落魄男子浪迹街头，遇到在吃东西的路人就会说："嘿哥们，我实在是太饿了，能分我点吃的吗？"

那些吃着食物的路人有的很冷漠地摇摇头，有的不理睬，有的甚至咒骂，落魄男子只好继续前行。这个时候镜头切换至另外一处，那边坐着一个戴着连衣帽拿着杯子打瞌睡的大胡子流浪汉。这个时候镜头里走来两个人，拿着大纸盒装着的比萨，问流浪汉要不要比萨，流浪汉连连道谢，接了过来，就坐在地上晒着太阳吃比萨。

这个时候，镜头里出现了之前那个落魄男子，他走到流浪汉身边，就坐了下来，问候了下流浪汉，感叹着说生活很艰难。这个时候感人的一幕出现了，流浪汉主动问落魄男子要不要吃点比萨，落魄男子问可以吗，流浪汉一边点头一边递了一些比萨过去，然后两个"同样"落魄的人坐在街头，大口吃着比萨。

看到这里我的眼眶泛酸，对于我们正常人来说，一块比萨，一口吃的完全不算什么，那么多人里没有一个愿意将一点点果腹的东西和别人分享。而对于那个流浪汉，吃了上顿没了下顿，少吃一块比萨也许下顿就要饿得久一些，他却毫不犹豫地向"同样"落魄的人表达了他的善意。

视频的结尾，落魄男子站了起来，向流浪汉伸出了手，流浪汉用没拿比萨的手跟他握了握。落魄男一边说着话，一边掏出了钱夹，将里面的钱都放进了流浪汉的杯子里。落魄男这时候还说着生活不易之类的话，流浪汉傻傻看着落魄男的动作，道了谢，然后突然用手捂住了眼睛。

视频到了最后，镜头里是大胡子流浪汉赤着的双脚，垂着头哭泣。好像还配着文字，大意是不要看不起那些善良的人，即便他的身份如此低微。

无论未来的生活会怎样，当时的心情多么心酸，善良流浪汉的小小善意至少让他在将来的几天里不用担心饿着肚子，而另外一个流浪汉则用他的善意获得了更大的回报——一个家，一间遮风挡雨的房子。

这是两年前的一个故事，英国的一个女大学生在外面不小心弄丢了银行卡，身上也没有钱，路遇的流浪汉掏出了全部的身家3英镑，给她打车回家。回到家后，姑娘非常感动，于是带着同学一起帮流浪汉筹集善款，一共筹集了3万多英镑，帮他安置了一个家。而且目前筹款还在继续，小小的善意不仅帮助了别人，也让自己得到了回报，更因此而帮助到了更多的人。

我从不怀疑人性的善良，即使我们曾遇到很多的丑恶，阳光照耀下终归还是有阴暗的角落，但是这个世界还是好人更多。我也不会去追根究底人性本善还是本恶，但是我们从小就被教导要善良，为人处世要心存善意。贬低别人并不会抬高你自己，反而会使你被孤立。而对人善意诚恳的赞扬，会迅速拉近你和别人的距离，打破心与心之间的隔阂。永远保持心怀善意的为人处世，会让你很融洽的与人相处，很和谐的与人共事，很顺利的与人合作。

我们的生活里充满了太多的争端和吵扰，互相之间的不信任以及恶意的揣测造就了人们相处时的重重障碍。对每个人，每件事多一些善意，坎坷崎岖的路会慢慢变成坦途。最好的为人处世就是心怀善意。心地善良的人总会得到更多人的青睐，一个好人缘也是一份宝贵的财富。

善意无分大小，无分身份的高低贵贱，富商巨贾可以心怀仁善，市井小民也能有仗义之举。多怀揣一些真诚的善意，少一些虚假的套路，这个世界真的很美好。

穷困潦倒的流浪汉们尚且如此，那我们呢？

姑娘，放下包袱，不要在意，遇到善意给以更大的善意以回报，遇到恶意只是呵呵一笑，抛诸脑后就好；青春是人生的实验课，错也错得很值得。

那些埋怨的话都咽下吧，因为有时候，沉默是一种最好的表达，我们每个人都做不到完美，干吗又去苛责别人的不足呢。还不如善意地包容对方，又或者略过，明天的阳光依旧会照射到你的脸庞。

公交车上的冷暖人生

1

公交车是城市里最为直接的生活剧场。车窗是频繁调换的电视屏幕，司机是那个态度傲慢却不容易被换掉的主持人，座位上和走道站满了没有台词的本色演员。舞台上间或演出温情、偷盗、骂娘的奇特情节。

通常，我是从熟悉一辆公交车开始熟悉一个城市的。

在公交车上，我最喜欢听学生和女人说话。

那些放了学的中学生，讲述的都是明清笔记小说风格的故事，他们的老师站在讲台上不是在讲课，而是给他们表演幽默的节目。譬如他们嫌弃老师的鼻音太重了，手指头是兰花指，粉笔老是拿不住，还有上衣太小了，老是露肚脐眼。孩子们的对话让我觉得荒唐又吃惊，当时我正在一所大学里代课，虽然课节不多，但也总会往黑板上写字。我一下子就想到自己，会不会也有兰花指，会不会在写字的时候上衣一直往上飞翔，露出学生们在宿舍里谈论的笑话内容。

女人们的谈话则趋向于"金瓶梅"风格，胸罩的价格，夜晚睡眠不好的原因，邻居家的动静很大，好色同事的一些暧昧细节，奶粉涨价导致自己必须多吃一些好东西给孩子提供奶水，所以身体就胖了，等等。有的女人说话很慢，不轻易谈论私人的生活，只是轻描淡写地说一下汽车家具或者前几天和一个香港来的女人喝茶的情景。

有的女人则很恶俗，批评楼上邻居，每天十二点钟孩子都哭个不停，一定是因为两个做那种事把孩子弄醒了。有时候，她们说话间还会相互讽刺，然后哈哈大笑，她们占据着车厢里大把的座椅，有老年人过来也不让座，把公交车完全当成了咖啡厅。

我如果正好站在她们身边，便会死死地盯住一个女人看，把她看羞了去，让她沉默为止。

我把公交车当成了我的日常手册，我在一次又一次疲倦不堪的拥挤中发现了自己的勇敢或者屡弱，智慧或者懒惰。

2

我经常坐的二路车是一班绕城的公交，路线出奇的曲折。小偷扎堆在这趟车上作案。

有一次看到一个外地人在公交车上号啕大哭，他的五千元现金被偷了，那是他给母亲做手术的钱。他是一个长相结实的中年男人，哭得很真实。

公交车停在了半路上，有人打了110报警。

我带头给他捐了十元钱，全车有不少人给他钱，他一边谢我们，一边号啕大哭。

全车人都被他的哭声打动，整整一天的时间，我的心情都没有转变过来。

那一天，我给办公室的同事，楼下银行的朋友，一起喝酒的其他朋友一一地描述那个男人的哭泣。有一个朋友怀疑地问了我一句，不会是专门表演的江湖骗子吧。他的话让我的心咯噔一下，但我马上就否定了他。我说，江湖骗子的哭也很像的，但是，鼻涕不会那么流出来。很明显，那是悲伤欲绝所致。

我仿佛生怕自己遇到了骗子一样，拼命地搜集自己对那个哭泣的中年男人的印象，衣服，说话的口音，眉头，说话嘴唇时的颤抖。虚假的表演和生活的真实永远是有区别的，表演的动人，更多的是借助曲折的情节和很漫长的铺垫。可是，这个男人压根就没有说任何关于母亲的病，他只是在那里声嘶力竭地哭，用眼泪复眼泪，用疼痛复疼痛的方式来表达自己。

果然，第二天，报纸报道他的事情，经过公交反扒民警的两天努力，该中年男子的五千元现金找到了。而且警察又捐了数千元钱为他的母亲做手术。

这是我见过的最圆满的一次被盗事件。

公交车总会给我一些超出生活表象的一些结论让我思考，比如假象。

是夏天，车上的人很多。我被人挤到了一个角落里，紧挨着一个大肚子的女人，注释一下，她不是孕妇。有两个人从远处跑过来，全车的人都看到了，透过后视镜，司机也应该看到了。可是他并不停下来，而是加大了油门，车像愤怒的公牛一样奔跑起来，把两个年轻人甩在了后面。车上的人很挤，但是再上两个人还是可以的。我大声地叫喊，说，司机，你这么不讲道德，人家都追上来了。

我的话引起了大家的共鸣，一个中年女人说，现在不是不允许拒载客人了吗？

可是，那个司机却不冷不热地说："那两个人是小偷，经常扮作赶公交车的样子，上车来就直喘气，然后脱衣服什么的，顺便就开始掏钱包了。"

一下子，全车的人都不再报怨司机野蛮了。

那个司机帮助我们认识了生活中的个假象，原来，大夏天里，奔跑着追赶公交车的人，并不全是有急事的人，也有可能是小偷。

3

我家附近的公交车站牌很多。有一次，我提前下班，在公交车站牌旁边的一个旧书摊前停了下来。我在那里翻一本旧得发黄的手抄本中草药的书，内容很私密，却很好看。

我在那里看书的半个小时里，有一个老太太跑过来问了我两次时间。我看着她提着的两大包袱衣物，以及她地道的豫西口音，知道她是从乡下来的，等着人来接。

我看书看累了，站起身来看着她，听见她不停地唉声叹气，以为她丢了钱，就问，老人家是不是丢了钱。她看着我，很感激地说："不是哩不是哩，我等我闺女哩，都半个小时哩，咋还不来哩。"她每句话都加一个哩字，让我觉得很新鲜。

正要和她说些别的来缓和一下她的焦急，她的女儿骑着一辆自行车飞快地冲过来，大声说："妈，你等急了吧。"

谁知那个老太太却一下改口说："没有，我刚刚下车，公交车特别慢，我刚下车。"

那个女儿舒了一口气，把行李放在自行车的后座上，和老太太一起慢慢走了。

我看着老人家，觉得特别感动。

有一次，从火车站回家，坐了一路人比较稀少的公交车。

车上有一个穿长裙子的女孩，她在等车的时候就大声叫喊着，想要随便找个男人嫁了什么的。

她长得过于一般，且装扮俗艳，说话所选择的词语大多粗鄙。声音很大，总要占领别人。总之，我和车上所有的人都对她白眼。

公交车过一个立交桥的时候遇到了红灯。那个女孩竟然拍着车窗大声对着一个正在打扫道路的清洁工大声叫喊，妈，妈，妈。

她的母亲听到了，张着嘴巴说了句什么，但离得太远，风把她的话吹到了别处。

车上装扮俗艳的女孩子不管，大着声音对她的母亲说，我去给你换衣裳，衣裳。

这次她的母亲仿佛听到了，向她挥挥手，表示同意。

那个女孩子不说话了，车一下子安静起来。

全车的人都被女孩子教育了。她在公交车大声叫她的母亲，而她的母亲竟然是在立交桥下打扫卫生的清洁工。

这是多么值得炫耀的母亲和女儿啊。

我的心为这个长相粗俗的女孩柔软了一路。

有一次，大雪覆盖了我们所在的城市，道路瘫痪了。我从单位步行下班，走到住处附近的时候已经完全黑了。我发现有一辆公交车坏在了十字路口，有一只尾灯一晃一晃地提醒着其他车辆。我费了很大的劲儿才绕过这辆公交车，我向西走，拐入一个黑咕隆咚的小路。那条还没有正式挂牌的小路就是我们小区所在地。

黑暗中我三番五次地被雪和黑暗滑倒，手上身上全是泥。突然，我身后面递来一股灯光。是递来的，是那个已经坏了公交车的司机，听到我摔倒的声音，把车前灯打开了。

那灯光曲折地照耀了我的一小段人生，让我对公交车司机这个职业有了温暖的理解。

公交车，是一个阶层的表征，它界定了大多乘客的物质和精神状况。但同时，它也是最精彩的一个剧场。我们自认为看懂了它，却往往被它的节目戏弄。

困的时候，哪怕是最好的朋友把你唤醒你都会心生怒火；累的时候，哪怕是你的爱人要你背背她你都会一脸嫌弃；贫穷的时候，看到别人疯狂抢购会觉得不可理喻；苦闷的时候，听到别人大声说笑会觉得极端反感。我们对这个世界的爱和善意，往往，取决于我们自己在这个世界上过得好不好。

这个世界上一切都会消失，

脸蛋，胸脯，金钱，权势，

唯有对于生活不计回报的热爱不会朽坏。

即便是生活处于不如意，

粗茶淡饭不要紧，朋友散场没关系，

和有趣的人在一起，一盏红烛，

一杯烧酒，可饮风霜，可温喉。

好朋友之间应该有距离

两个亲密的人，总是会不自觉地想要干涉对方。并且自认为自己是为对方好的。虽然你是一片真心，但是也不能够去干涉对方的生活。

以前每次和好朋友心心一起去逛街，心心总是喜欢买很多东西。但是她每次买回去都很少用，基本就荒废在那里了（我认为是这样的）。所以每次我们两个人一起逛街，基本她要买的东西我都在旁边啰唆很久，告诉她那些其实压根不用买的。

每次开始她都坚持自己的意思，拿起那些东西就要去付款。而我总是拖着她，一遍又一遍的给她讲道理，想让她不用买那些我认为没有用的东西。有时候她会听我的，有时候她会很不耐烦地告诉我：她想买就买，又不是花我的钱，我那么啰唆干吗。

我一听就生气了，因为我内心认为我自己是为她好的，觉得她总是乱买乱花钱在一些无用的东西身上，而在她自己的饮食上面很不注重，经常把钱花完了，才开始吃一些没营养的东西。

而我总觉得我们是好朋友，我有那个责任去督促她照顾好自己的身体，所以就总是做一些啰唆、吃力不讨好的事情。

　　而后很长一段时间，心心都不在找我一起去逛街了，一次在街上遇见，我问她：为什么最近都不约我了。心心说：她不愿意每次去买东西，我总是在旁边啰唆大半天，干涉她、什么都不让她买。所以她就找别人跟她一起去了。听完我还瘪瘪嘴，认为她不懂我的好心。

　　直到后面我也到了喜欢乱买乱花钱的时候，我身边的好友小美，也是和我以前一样的状态。基本我买什么她都可以事先找好理由来告诉我，这个东西不能买，因为你并不是很需要它。

　　刚开始我还可以接受她的好心建议，时间久了。我也和心心一样了，逛街也不怎么想和小美出去了。我怕每次我想买的东西，都被小美给的理由所折服，最后没有买。

　　没有买，我的内心是不怎么高兴的。但是又觉得小美说的没错，那个东西我可能是因为喜欢，但是并不实用。"不要浪费钱去买那些没用的东西。"小美的话回响在耳边。

　　后面自己有了觉醒爱美了，喜欢买一些首饰或是装饰品。虽然确实不算实用，但是好看啊。所以我几次三番地想要买，小美觉得没必要。最后我告诉她不要再干涉我的决定了，我喜欢什么我自己最清楚。

　　我内心知道这些东西其实没有什么特别的用处，但是我喜欢，喜欢就足够了。而后一段时间小美就不大搭理我了，可能也觉得我不识她的好心。就跟我之前对待心心的一样。在此时我才明白我之前有多的霸道，自私。

　　打着为对方好的旗号，干涉对方的自由，不断地去勉强别人做不想做的事情。还自认为自己是对方的好友，所以不断地去督促对方。其实自己压根没认清自己的身份，朋友间也需要尊重对方，不干涉对方的意愿。

　　想起认识的人中有一个特别霸道的人，她认为自己不需要的东西就是别人不需要的。还以好朋友的身份去干涉朋友的选择，朋友不听她的话，还不断地嘲讽朋友。

A是我在刚出来实习时认识的人，她和我是同事。我们都是住在公司的宿舍里，但是我和她不是同一间宿舍的。A的宿舍住了三个人，A和A的好友B还有一个同事C，他们三人睡在1张床。

到了夏天很热，B觉得三人睡一起太热了。就建议说要买张床来睡，A一听就说：买什么床啊，浪费钱，拿块木板放地上不就能睡了吗？B说：木板怎么睡啊，而且放木板在房间里也不方便啊，我自己出钱买一张床就可以了。

A一听就炸毛了：你还真有钱啊，那你买床去客厅那里睡把。B过后和我讲：客厅那里怎么能睡呢，没风扇没空调的，而且宿舍里又不是只有住我们几个人，别人进来看见也不好。A还说睡木板，木板谁去睡啊。B说完深深地叹口气。

之后这件事就这样不了了之了，值得一提的是，A和B是发小，从小长大的那种好朋友。不过B每次都被A气得跳脚，但又因为知道对方就是那样的人，舍不得花钱，总是想攒钱，没其他的坏心思，才一直忍着。

而后一次A和B在公司大吵，说起来大吵也不算，因为一直只有A在训着B，B默默地收拾自己的东西不吭声。

我八卦的去问其他同事怎么回事，原来是B最近一直上夜班，用她们宿舍的电饭锅煮东西总是没保温，她那个电饭锅坏了，所以等她下班要吃东西，发现那些东西都凉了。所以她和A说买个新的来，A觉得浪费钱，没必要在花钱，现在这个可以用先用着。

而B没听她的，直接从网上买了个新的寄到公司了。B一打开包装，A一看就直接开讽了：你这么有钱啊，明明宿舍有个还买新的。既然买了新的，宿舍还缺个煤气灶你一起买吧，还有油烟机你也一并买了吧，反正你都要买新的，干脆买全套。

B一听气得把刚拆开的电饭锅又重新包起来，直接退货了。过程中她一句话都没有说，也不看A。过了好几天我们问B：不觉得A总是干涉你，约束你做事吗？

B一脸无奈地说：没办法，A的性格就那样。总是想省钱，不想乱花钱。可能也是不想要我买新的，到时她没出钱不好意思用我的把。毕竟她家庭条件不好，她没什么生活费。可是虽然我理解她的态度，但是有时也很生气。我不想大半夜吃凉的东西，所以才买的新的。可是她不支持就只能这样了。

A总是把她自认为对的，好的，用在我的身上，不顾我的意愿与想法。可能两个人太熟悉了，就会想要干涉控制对方把。她的做法让我一度想要逃离，可是只要一想起来，她身边没有其他朋友，只有我了，我就又忍住了。

B无疑是善良的，她不忍放弃好友，又经受不住好友的干涉，最后只能让自己受折磨。而我想A之所以没有其他朋友，无疑不是因为她对朋友间的界限没有拿捏好，不懂虽然是很好很好的朋友，但是也要有所距离。

并不是好朋友就可以干涉对方的生活，并不是好朋友就可以代替朋友选择，并不是好朋友就可以勉强对方听从自己的意见。

以前的我也不懂把握朋友间的距离，直到我看了《偷影子的人》这本书的这段话：你不能这样干涉别人的人生，就算是为了对方好。这是他的人生，而只有他一个人能决定他的人生。

才瞬间醒悟之前的自己多讨人嫌，肆意干涉朋友的决定，不尊重朋友的选择，才让朋友远离我。

我们不能以为好朋友之名，为她好之意，干涉对方的人生。好朋友间应该有距离的，才能让彼此得以自由成长，更应该有尊重，尊重对方的选择与意愿，才能更好地一起往前走。

> 时光就像个大筛子，经得起过滤，
> 自以为玩的不错的好友，
> 也许并不是你想象得那样好，
> 只有经过时间的检验，日久见人心，
> 最后留下来的，才是真正的朋友。

人生，不谈什么岁月静好，

而要好好努力去争取你想要的。

最能让人感到快乐的事，

莫过于经过一番努力后，

所有东西正慢慢变成你想要的样子。

今日快乐，便是永远快乐

经常有人问我，为什么我不快乐？生活没什么大的烦恼，但就是不快乐。

我曾经问一个有这样苦恼的女孩："你每天的财富是否都在增长，自己每活一天都觉得赚到了？"她愣了一下，说："我今天收到了三个快递包裹……好像一天没有收包裹，日子就过不下去。"

我身边不止有一个这样的姑娘，一天不网购收包裹，生活就黯淡无光。其实这件看上去浅薄的事情，揭示的正是快乐的本质：快乐就是每日有所得。

网购的包裹，是最简单的有所得。但这种快乐之所以短暂，一是因为成本过高，容易引发财政赤字；二是物质上的过多拥有，意味着同时面临一个困境：舍弃与丢掉。这两方面累加的负面情绪，冲淡了收到包裹的快感。

我认识很多创业的人，回首来时路，觉得艰难的时候，也是最快乐的时候。因为每天三观都被刷新，每天都觉得前一天的自己是个傻瓜。

当然，也有创业不成功的。我叫他勇哥，最风光的时候在城中最高档的写字楼租了一层楼办公，却因为摊子铺得太大，像一张锦帛，风一吹就千疮百孔。

然而回忆起那几年，他依然觉得快乐。晚上睡在床上，想想今天见到的一个奇葩、谈成的某个合同，都要感叹一次生命之神奇。每天都有新鲜的事情，像黑暗料理一样刺激着他的视觉与味蕾，没有时间觉得不快乐。

勇哥生意失败以后，马不停蹄地去云南支教了。他在云南一年，把周围大村小寨走了个遍。在城市出生长大的他，觉得什么都稀奇。云南转得差不多了，又去了西藏。

勇哥是我见过的最快乐的人。以前我以为他是因为有钱有势，所以快乐。他落魄以后，我开始认真思考他快乐的原因，发现其实是因为，他努力地让自己每一天都有所得。

我咖啡馆刚开张的时候，他来捧场，坚持要亲手煮一杯咖啡。虽然那杯咖啡煮过头了，他却很开心地说，好啊，今天煮了人生中的第一杯咖啡。

孩童为什么容易快乐，因为他对一切充满好奇，每一天都见到了前所未见的事；旅行的时候，我们为什么容易快乐，因为放眼望去，都是没有遇到过的风景与人情，夜晚入睡前，可以像富翁盘点自己的金币一样，盘点今天所见的一切。

我所看到的快乐的人，无不是努力地把自己投入到新奇、陌生的领域，活得像个孩子。

这样的投入，有时是看不到产出的，或者与谋生无关。

最近见到高中同桌。高二时，我们都被学习折磨得"蓝瘦，香菇"，他却搜集了很多易拉罐饮料瓶，准备做一个硕大的机器人。那时候，易拉罐饮料算奢侈品，他常常目光炯炯地对我说，我又捡到一个。

整个制作过程持续了差不多半年。我非常羡慕他，他每天都那么快乐，被老师骂了都偷着笑。

他现在依然活得兴致勃勃。虽然工作普通，朝九晚五，但他最近开始学吉他了。我去他家，他给我弹琴，他太太在旁边笑，说他整天净搞些没用的。这句话，高中的时候，他妈妈也天天跟他讲。

是的，他的确净搞些没用的，但这些没用的，让他一直过得那么快乐。

毕业时间越长，越发现大家生活的差距变小了。

一个班里，当初为争名次，暗自使劲，觉得考第一名的与考最后一名的会进入不同的星球。毕业十年再看，其实大家过得都差不多。一个班，真正飞黄腾达的，不超过三个人；真正落魄流离的，也不超过三个人。

最后区分了大家容貌与精神状态的，反倒不是你做什么工作、赚多少钱，而是你是否拥有让自己快乐的能力。

．

我有一个"快乐清单"，记录的就是一些无用的事。有些看上去有用的事，因为没有坚持，也变得无用了。

有一段时间，我每天在网上"斩词"，就是根据有趣的图片说出对应的单词，恍惚记忆力回到18岁，晚上睡觉前，像看着金币一样看着被斩的词，富足而又开心。几年过去了，当初被斩的词已全线复活，差不多被我忘得一干二净，但那些快乐，是我实实在在的得到。

最近，我又在学唱歌、学播音，纠正自己的普通话。我很清楚，这些极大可能会成为多年后"快乐清单"上，半途而废的事。然而当下的每一天，我都因为它们，而日有所得，而快乐充实。

不要把人生过成任务，不必每一件事都有始有终；更不要因为看不到终点，就连起点都放弃了。有些努力是为了将来，而有些事情则是为了当下。

做一件有趣的事，读一本好书，学一项看似无用的技能，与见识广博的人聊一场天，尝试一种没吃过的东西……既然世间没有真正的永远，那么今日有所得，就是永远有所得；今日快乐，便是永远快乐了。

人生，就是一场自己与自己的较量：
让积极打败消极，让快乐打败忧郁，
让勤奋打败懒惰，让坚强打败脆弱。
在每一个充满希望的清晨，告诉自己：
努力，就总能遇见更好的自己。

对于友情，我一直相信一句话，

日久见人心，时间是个好东西，

揭开人的真面目，谁是真心谁是假意，

谁在你被冤枉的时候替你出气，

谁两面三刀卖你不义，

请相信，留到最后才是最好的，

它来之不易，好好珍惜。

金钱是友情的试金石，也是友情的护驾船

前些日子，去老罗的公司喝茶。老罗的公司最近在上新品，他叫我去无非是让我帮他看看一些数据。

而他也正委托另一个朋友在做市场调研。

正巧那天，另一个朋友做完了调研报告和数据，给老罗拿来。

老罗二话没说，便起身把秘书叫进来，说可以让财务负责打款了。

那个朋友好像是刚做了小团队，可能也未经历太多。面对老罗的爽快，有点手足无措，竟然有点恐慌，连连说：不急的，我们是朋友，哪怕免费做，我也乐意。

老罗笑了笑，我们是十多年朋友了，该收的钱收下。钱和朋友分开处，最愉快。

老罗说得朴实，接着和我聊天。

老罗开着一家同行业排名前列的公司。他说，"我不太喜欢因为结交

了一个朋友，而拼命希望他为你免费创造价值。我喜欢主动谈钱，也喜欢和主动谈钱的人做朋友。主动谈钱不是大方，恰恰是彼此的分寸感，金钱和友情分得越清楚，就越能够长久下去。"

想起一句话：不占朋友的便宜，是一个人对待友情的顶级修养。而好的友情，真的都很贵。

人与人之间最轻松的相处关系是"互相谈情，主动谈钱"。因为好的友情都很贵，谈情并不尴尬，谈钱又会长久。

作为获取一方，主动谈钱是你的修养，是否接受是她的权利。

而作为付出一方，主动谈钱是你的选择，是否接受是他的修养。

为什么谈钱会让友情更坚固？

谈钱，让我们的关系更加有条理，更加有约束。

谈钱，让我们对彼此的成果更放心，更有保障。

谈钱，让我们有信心在未来的合作中，更能为对方考虑，更有合作动力。

谈钱，也会让你活得更有尊严。

我见过一对好闺蜜的翻脸。

事情很简单，一个朋友开了个店铺，离闺蜜家很近。每次都会找闺蜜来帮忙看店铺。她的闺蜜是个全职太太，可能在她眼中，就是不干活的女人。

出去玩了打电话给闺蜜，去聚餐了打电话给闺蜜，看电影了也打电话给闺蜜。无非是，你帮我看一会店。

就这样，一直到某一次，闺蜜终于忍不住了，说，你这样有点影响到我的正常生活了。我也有很多自己的事情要做。

那个朋友说，不就是顺便看个店嘛，又不是每天。好朋友之间帮忙是应该的。

闺蜜终于发火了：其实，我的时间也很宝贵。麻烦下次来请我看店，付我工资。

文中那个闺蜜最后和那个朋友撕破了脸。她问我：她也曾经怀疑过，自己是不是不该和她撕破脸。

我说，好的友情都很贵。真正的闺蜜，是那个你舍不得麻烦的人。

不是朋友会做蛋糕，你就可以每天免费去吃喝；

不是朋友会画图纸，你就可以理所当然认为装修有保障了；

不是你朋友在国外，就应该为你跑遍整个城市只收你物品的贴牌价；

不是你朋友开咖啡店，你就可以每天12小时坐在里面占着位置不点一杯咖啡；

不是你朋友没有工作，你就可以指使她做这做那。

友情不是理所当然的索取，而是珍惜真爱所有的付出。为对方该得的一切付费，是你对友情最好的表示。

这些年里，我不断练习一件事，是在泾渭分明的世界里，尽可能主动地谈钱。不是因为有钱，而是不想因为钱和好友变得生分和小心翼翼。

比如，有一年，我的朋友出书，我私下里，把书买了。我喜欢一本书，都会主动去买，我知道情谊珍贵，我不会主动开口要求别人送。一本书花不了多少钱，权当是支持。

有一天，她来我家做客，说，给我拿了一本她的书。

她到我家后，发现书架里已经存放着她的那一本。好友一惊。她说，你是我的好朋友，有必要买吗？我自然会送。

"我想读你的书，认可你的付出，自然会付费，而你的付出，配得上钱。"

好友后来说，倒是那些关系特别一般的，总是会动不动给她发信息，要求送书，弄得她好生尴尬。因为她的书，也是问出版社买的。倒是关系好的，原本已经列入送书名单，大多都已经买了。

曾经有人问我，朋友之间，不是应该互相帮忙，怎么能谈钱呢！

于是我丢了他一句话：如果你是付出一方，你是否选择谈钱，是你的权利了。如果你是获取一方，麻烦就不要那么理所当然了。

我越来越觉得，越是真心朋友，越是珍惜你的一切——珍惜你的容貌、珍惜你的才华、珍惜你的劳动、珍惜你的价值；而那些泛泛之交，他们始终对你保持着观望状态，暧昧地对待你的一切——他们愿意和你共享乐，并不愿意与你共患难，所以他们保持着全身而退的准备，也拥有着时刻热情的心态。

所以，记得，千万别想着占朋友的便宜，便宜占多了，友情就远了。

身为朋友，懂得珍惜对方的一切，懂得礼尚往来，懂得主动谈钱，懂得对价交换。

金钱是友情的试金石，也是友情的护驾船。

好的友情都很贵。希望每个人都能懂得。

口不饶人心地善，心不饶人嘴上甜。

心善之人敢直言，嘴甜之人藏迷奸。

宁交一帮抬杠的鬼，不结一群嘴甜的贼。

每个人都喜欢简单的人，

简单的事，不喜欢钩心斗角，

不喜欢被算计，不喜欢假假的友情。

"自我"是一味毒药，可"治病"，但也可"致病"，玩得不适量则害己不浅，玩得恰到好处则处自娱自乐。所以，慎玩"自我"，是人情世故，也是修为法典，这所有的就看你玩得有没有资格、是不是时候。

没有人是一座孤岛，不要将自己早早放逐

我出差回来，在茶水间遇到部门经理，他趁着冲咖啡的当口悄悄问我，"你带的那个实习生，是还没习惯，还是对公司有什么意见？"

我被他问的一愣，下意识地抬头看向小欧的座位，还有五分钟就是午饭时间，大家七嘴八舌的围在一起商量午饭的去处，而她坐在那儿，对周围的吵嚷视若无睹。

"她挺好的呀"，我回答，甚至打心眼儿里有些喜欢这个安静又腼腆的姑娘。

"上周团建，她说什么都不愿意去参加，问她是有什么事情吧，她却也说不上来"，经理说，"所以就问问你，她是不是还没习惯从学校到职场的过渡，还是压根儿就不大喜欢咱们公司。"

公司的人员流动率向来不低，所以从招聘实习生开始，就十分在意他们的去留意图。我答应经理一定找机会和小欧聊聊，一边走回座位上叫她吃饭。

我们并没有跟着大部队一起，为了跟她聊些真心话，特意选了一家较为安静的餐馆。

我没绕太多弯子，直接开口问她："上周大家一起出去玩，你怎么不

去呀？"

她有些惊愕地看我一眼，又很快低下头去，"我……跟大家不熟悉，怪不好意思的。"

我说："公司的团建专门安排在实习生入职之后，就是为了让你们跟大家熟络起来啊，用不着你有多主动去讨好别人，但也不能总是冷着脸吧，了解的人知道你是害羞，不了解的人还以为你高傲呢。"

话音刚落，她就一下激动起来，握住我的手，"姐姐，你真的不知道我因为自己慢热内向的性格吃了多少亏。"

虽然名列前茅，但是因为跟同学关系不好，一切三好学生和班干部的投票都没有自己的份儿。

明明并不讨厌自己的舍友，但因为总是一个人坐在那里不参与聊天而被排挤。

想要主动示好，却不知道从何开始，想要表达感谢，却又拘谨的开不了口。

不了解任何人，也不被任何人了解，活成小透明的模样。

自由，但是好孤独。

我劝慰她几句，委婉的暗示她要改改自己的性格，她叹口气，"可能我就是这样的一个人了吧，天生不太讨喜，走到哪里去都不被喜欢，但我天生就是这种性格，也没有办法。"

不久之后她转了正，分到了另外的项目组，因为分管不同的内容，往来渐少，她偶尔来我座位上聊天，也很少谈工作的事情，就这么过去好几个月，有天快要下班的时候，她垂头丧气地过来找我：

"姐姐，我辞职了，下周一就不来上班了。"

我吃惊不小，连忙询问原因，她眼圈一下子红了，声音闷闷的：

"她们不喜欢我，净给我使绊子，这次的项目做砸了，我跟经理解释，他也不怎么听得进去。"她瘪瘪嘴，带着哭腔问我，"我不过就是有点内向，有点敏感，不懂得跟别人打交道而已，真的就有错吗？"

小欧离开的第二个月，公司应客户的要求进行项目合并，分到我们这边的两个人，就是小欧口中"净给我使绊子"的其中两个，我冷眼旁观她们好几天，却丝毫没有看出一点心机的模样。

大家照常做事，一天加班之后一起去喝咖啡，有人提起小欧，还没等我说什么，其中一位做设计的姑娘心直口快，抢先说道：

"小欧个人能力挺强的，但就太别扭了，自己有好的点子，开会的时候不说，结果我们定了另外一套方案，所有人都在做这一套的同时，她却是按照自己的想法做事，进度和内容和都不跟大家交流，总是到了最后的时候，才发现她的那部分出问题。"

她言尽于此，我却知道在项目进行的过程中如果有人掉了链子，代价便是全组人一起加班赶进度。

而另一个姑娘也叹口气，"我们去给客户做展示，客户提出要修改的部分刚好是小欧的内容，做我们这行，被甲方要求修改本来就是常事，可她却直接当众哭了，弄的客户脸上挺不好看。"

没有人接话，我们都想到了小欧那种倔强又冷漠的神情，像是冰封的湖水，掩藏着多少敏感细碎而又脆弱的波纹。

我想我终于可以回答小欧那一句问话："我内向敏感，不懂得跟人打交道，真的就错了吗？"

是的，你错了。

人与人的交往，是先建立在你"做了什么事"上，然后才会关心"你是什么人"。

在大多数场合里，"你是谁"其实是最不重要的东西，真正重要的是问题的解决，事件的推进，利益的分配，旁人的态度和情谊的交流，还有"是否愿意和你共事"的想法。

我很喜欢苏珊·桑塔格曾经说过的一句话：

到了一定的年龄之后，谁也没有权力再享有这样的天真的浅薄，对社会交往和人际关系享有某种程度的无视，甚至失忆。

性格问题往往就是能力问题，没有人的性格是一成不变的，或者说，是完全按照自己的想法去发展的，在摩擦和冲撞中一次次妥协，让步，调整，更新，改变，是人在江湖中不可规避的成长。

做人，并不仅仅只是理论上的一个大词儿，它原本就是做事的一部分。

任何性格的标签都不应该成为拒绝成长的借口，而鸵鸟之所以成为鸵鸟，是因为他们不会主动在人际关系中去完善自己的性格，适应他人和社会，反而是将自己的头深深埋下，用"我就是个××样的人"来逃避结果。

你可以任性，但也需要懂点人情世故。你可以内向，但需要懂得如何与人合作。

每个人的人生，不都是这样缓慢被改变的同时，也去影响他人吗？

没有人是一座孤岛，不要将自己早早放逐。

虽然生活不再像从前那样简单，有很多无奈。但是明白，变得人情世故阴暗虚伪并不是成长；真正的成长应该是能一直以一颗包容的心对待别人，以纯真的心看世界，世界复杂，不忘初心，方得始终。绚烂也好，低迷也罢，总是要回归平淡，做一杯清澈的白开水，温柔的刚刚好。

花草从不轻易许诺，因为它们知道诺言不过是一纸可有可无的装饰，群芳过后一片狼藉，终究敌不过时间的推移，待到翻新重装，便意味着失去。它们更愿把相守当成诺言，看似没许、实则已许。树木守候山石，城池等候归人；直至山无棱，天地合，也不改初衷。

没有什么比兑现自己的承诺更宝贵的事

周末，我正在天津忙着，手机忽然响起来，是个陌生号码，里面的声音很年轻也很陌生："您好，我是×，您还记得我吗？"

那一刻我几乎要把它当成是跟诈骗电话给挂掉，因为我根本不记得×这个名字，几乎可以肯定这个人我不认识。"你有什么事吗？"我问。

"我给您打电话，是想还您的钱。"那个年轻的声音说。

"还钱，还什么钱？"我很纳闷。

"不知道您还是否记得，我在几年前曾经在微博上求助，因为我爸爸得了白血病，那时我还在读大学。后来您曾经捐了我一笔钱，我现在想和您确认下账号，把钱还给您。"

×的话让我非常诧异，一方面是因为我已经完全记不得这件事，另外一方面是居然还会有人过了这么些年真的要还别人的捐款……这真的是现在这个时代还会发生的事吗？

当×完整地说出了我常用的银行卡号，还有汇款时间时，我已经相信这事是真的了。一时不知道该说些什么，只是下意识地问，"你父亲现在身体恢复了吗？"

×很平静地告诉我，当时他在微博上求助，很多人帮助了他，父亲也因此渡过了当时的难关，又撑了两年，但是因为病情太重，最终还是在去年去世了。而他自己也已大学毕业，现在在北京工作。"现在情况好些了，所以我想把当初借的钱，都还给大家。"

我听了后很感动，说不用还了，小兄弟，你好好工作，把家里照顾好就可以了。×坚持说一定要还，"我知道您不图什么，我很感谢您，如果没有大家的帮助，我父亲不可能多活两年。您一定要收下，您可以用它再去帮助其他需要的人，这样也算是您的爱心一直在传递。"

其实以×刚工作的情况，收入应该不多，我说这样还款你的压力不大吗？他说慢慢一点点还，没什么的。唯一让他有些遗憾的是，很多人当初捐款时没留联系方式，已经联系不上了，"我还在想办法找他们。"

电话通完五分钟后，银行短信响起，除了那笔钱之外，还多出来10%。×的汇款留言写着：两年每年5%的利息，谢谢您。

那天一直忙到很晚，终于空下来后我开始查以前的微博，花了很多工夫，终于找到当年×那个求助帖，发于三年前的2012年9月。这时我才知道，×的求助帖在当时的微博引起了很大关注，北京青年报、法制晚报、中央人民广播电台等多家媒体对"大学生微博募捐救父"做过报道，很多人伸出了援手，但是包括我在内绝大多数人在捐助的时候，都没想过这个年轻的大学生真的有这么一天会来送还捐款！

在那个帖子上，我看到了当时看过就忽略，现在却最让我动容的一段话——

"……虽乳臭未干，但我以人格作保向您筹借善款。因为哪怕仅仅是一块钱，一毛钱对我来说都非常重要，也是极大的帮助。我希望您给我一个详细的账号，我会在3-5年内把钱打给您。因为是借，我承诺每年支付5%的利息给您。无论我以后从事什么样的工作，或是工作的变动或升迁，我都会及时将我的联系方式和所有情况公开，不会让您找不到我。毕竟您的任何一分钱都凝聚了您的辛勤汗水，任何人都没有权利不劳而获。

真心谢谢您了！前一段时间，村里的父老乡亲为父亲捐助，母亲就说过，如今我也同样申明：您的借款中，家里不富余的不要，家里孩子外出打工只有老人在家的不要……"

原来这孩子当初就是说的是借！

原来这个年轻人只是在完成他当初的承诺！

这个忙乱而又现实的时代，我已经想不出来，还有什么比完成自己的承诺更宝贵的事，哪怕它已经被人遗忘！

真正的梦想是在自己心灵的一个角落与上天悄悄许下的诺言！也许这个梦想还不能实现，那么请把它珍藏好，千万不要在人生的旅途中弄丢了！你要知道现在所努力的一切在未来的某一天都会成为你实现梦想最有力的资本，先努力地走好面前这条必须走的路，只是不要忘记她：梦想一直都在那边等着我们去实现！

无论过去发生过什么，你要相信，最好的尚未到来。即使生活给你一千个伤心的理由。你也要找一千零一个开心的借口，不管这世界多么残酷，都要保持一颗释然的心，用你的笑容冰释所有冷漠，睡前原谅所有的人与事情，活在当下，少一些依赖，相信前往的路上总会有不期而遇的温暖，相信有人会爱上你的笑容。

那些不期而遇的小温暖

1

大四实习那年，我只身一人去了上海。人生地不熟的我对这座陌生的城市有着莫名的恐惧感，觉得自己和这个时尚之都格格不入。住的地方只放得下一张床，房租还高得惊人。图省钱的我不得不天天白水就馒头，就这样，日子过了一个月，我也消瘦得不成样子。

梅雨季节的上海有些潮湿，空气也变得闷闷的。赶着上班的我没来得及吃饭就挤上了地铁。拥挤的车厢顿时让我气短胸闷想作呕，还好马上就要到站了。可明明感觉地铁的门开了，有风吹过，自己眼前却是一片漆黑。我直接晕倒在了站台上。这时走过来一个穿黄衣服的男生，把我搀扶到地铁的座椅上。还帮我买了一瓶冰糖雪梨饮料，一直照顾我，直到确定我没事才离开。

虽然再也没在地铁上遇到那个穿黄衣服的男生，也没能对他说声"谢谢"，但从此之后我便喜欢上了冰糖雪梨的味道。这份温暖一直伴着冰糖雪梨的甘甜，陪伴着我度过那段难熬的时光。

2

毕业前夕和男友分手了。我漫无目的地在街上闲逛，任凭心如死灰，悲伤绝望蔓延。最后终于按捺不住情绪在大街上大声痛哭起来。没人知道发生了什么，也没有路人注意我。我想在他们眼里我或许是个疯子。

就在我孤寂无依的时候，突然从漆黑的街道走过来一个大男孩，递给了我一包纸巾，说："擦一下泪吧，不管遇到什么，都要给自己一个振作的理由！"我还未看清他的模样，他已消失在茫茫夜色中。

存有他体温的纸巾散发着淡淡的茉莉香，瞬间让我的心安静了下来。我也慢慢地从失恋的悲伤中抽离了出来，平静下来的我忽然明白：生命中总是会遇到一些人，一些会给你带来伤害，另一些却会给你带来温暖。

每当我走夜路的时候，我都会想起有一个不曾记得模样的大男孩送过我一包纸巾。我再也没有一个人号啕大哭过，那包纸巾的茉莉芳香总会让我想起阳光的味道。

3

春运期间，深夜从石家庄火车站准备打的回家，便在西广场拦了一辆出租车。司机是一个本地人，穿着西装打着领带。我第一次看见深夜穿着还这么考究的司机，很是意外。我保持着高度警惕，因为我知道深夜单身女生打的太容易出意外了。从坐进车里，我就给老妈打电话，来排解紧张的情绪。

司机看出了我的不安，也没说什么，只是每到一个转弯处就提醒我坐好。到了小区里面，由于道路窄，出租车无法送到家门口。我便按预先谈好的价格交给他打车费。他微笑着说："我开着车灯，给你照照路吧！"。于是，一道明亮的车灯光芒一直铺到了我家的门口。

回到家从窗户望了一下，他才熄了远光灯，正调转车头，准备向外驶去。从心头涌上来的温暖顿时像一股电流涌向我全身。

因为天黑，不曾看清楚他的车牌号。但我知道那一定是一组让人温暖的数字。每每看着夜里川流不息的车灯，我都会想：有一盏车灯，温暖过我。

4

出差归来回公司，一路坐长途客车，疲惫不堪。拥挤混乱的车厢，我努力从客车上拿到行李，才发现自己的皮箱拉杆被拉坏了。皮箱里面全都是公司的文件资料，沉重异常。

万幸汽车站离公司不远，我只能倾全身之力提着，慢慢挪步。就在这时，一个衣着脏兮兮的农民工样子的大叔停了下来，看了看我的皮箱，有些腼腆地说："你要是不嫌弃我弄脏你的行李箱的话，我帮你提着吧。"我喜出望外，不好意思地点了点头。

他试了试分量，直接把皮箱扛在了肩上。我从后面连忙跟上，看他的背影像极了一位勇士。到了公司宿舍，气喘吁吁的他自嘲地说："你这皮箱都是啥呀，还真重！"望着他额头上的汗珠，我苦笑地说："对不起啊，资料太沉了。你等我一会啊，我给你拿瓶水。"

可是等我回来他已经走了。我站在门口看着远处他的背影淹没在来来往往的人海中，不禁后悔连声"谢谢"都未来得及说。

后来，每当我看见那些在工地上忙碌的农民工，我总会多看几眼，我知道这千万人之中总有一个人是他。

那些未曾期待的温暖，让我感动不已。那些人海中的擦肩而过，足够我用一生来回眸。不管岁月如何消磨，我依旧清晰地记得那些最美好的瞬间与我生命的相逢。我知道我已经把这份温暖封印成一个火种，照亮了内心，也会播撒一份爱的律动。

就这样，一步步把自己变得美好，眉目清爽，嘴角要笑，心要善良，做一个讨人喜欢的姑娘，无论发生什么都不要失望，不要丢掉希望，相信并坚定这个世界没有想象中坏，它呀终将收起锋利的棱角，然后用温暖的闪耀的光芒紧紧拥抱我们。

因为你，这个世界又是多了一个好人，每一个生命来到世间，都注定改变世界。所以将来有一天你心里挣扎，不知道要做一个流氓，还是做一个正直的人。你在这个中间彷徨的时候，希望你记得每一个生命都注定改变这个世界。

你付出的好总归会回报到你身上

"我是个修冰箱的。前段时间一个小饭店的冰箱门关不上，我去给他们修好了。其实当时我就发现那个冰箱的制冷系统泄漏，制冷剂快要跑光了，但我没说，因为如果下次再去修的话，就能多拿三十块钱上门费。果然，没到一个月那台冰箱就不制冷了，他们又喊我去修，我不但多拿了三十块钱，还以五折的价钱从这家店买了些酱牛肉，赚了。"

"我是一家小饭店的小老板。现在的东西真靠不住，冰箱一个月坏了两次，大夏天的，里面的熟食都坏掉了，都是贵东西，我舍不得扔，让厨师重新煮了，用重料盖掉腐味，低价卖掉了。修冰箱的师傅买了一些，后来他打电话来说，全家吃了都拉肚子。我有点愧疚，当然也没有承认是我们的问题，吃都吃光了，他没凭没据的，到哪儿也说不清了。"

"我是个儿童玩具厂的小老板。不瞒您说，我们的玩具都是用回收的废塑料、生活垃圾、医疗垃圾做的，我当然知道这些材料含铅含汞含甲醛，会对孩子健康有害，但是现在生意这么难做，都用真材实料能赚几块钱？"

"我是个建桥的工人,这次找了个不错的活,别的工地一天一百二,这里给一百五。上班第一天我就明白了他们工钱高的原因——这是个豆腐渣工程,拿沙子充水泥,拿水泥充钢筋。别的工人不敢干都走了,我咬咬牙留了下来。儿子上个月查出白血病,我那点家底砸锅卖铁也不够他治病的,再不多赚点钱,就只能眼睁睁看着他恶化了。"

"我是个质监局的领导,上次查了一批玩具小作坊,一个小老板找到我老婆说情,又给我捎去两瓶五粮液,我就把他那批玩具放了。昨天他又被查到,我又帮了他个小忙。处理完事情后他请我吃饭,万没想到,饭后回家的路上,开车过新桥时,那桥居然说塌就塌了!我俩一起栽了下去,双双骨折,唉,点背。"

"我是个法官。一个老朋友的医院出了医疗事故,来找了我好几次,看在多年情分上,我睁一眼闭一眼,在判决时没让他们担什么责任。"

"我是个重点中学的校长。每次开学时来报名的家长都打破头,这学期好不容易都定好了,一个法官的女儿又来加塞,这很难办。也真巧,偏偏有个学生上课辱骂老师,我们从重处理,把他开除了,这才倒出一个名额来给她。"

"我是个农民,去年拿出所有积蓄做了一次心脏搭桥手术,却被伪劣支架给坑了,医院没赔什么钱,家里就快弹尽粮绝了。之前满心指望孩子能有点出息,可这个不争气的东西却让学校开除回来了。我已经没有劳动能力,就干脆让他弃学在家侍弄大棚。这几天卖菜花,他去喷杀虫剂。没想到这倒霉孩子不认识农药,居然稀里糊涂拿错了,还超量喷了上去。结果好些人吃了以后农药中毒,听说有医生,有法官,有校长……"

"我是个上班族。昨天风好大,我在上班的路上打开车窗向外吐了口痰,居然被大风吹回到自己脸上,太倒霉了!"

……

不知道你信不信因果循环，善恶有报。反正我信。

当然大多数时候，我都认为是别人在作恶，自己从来没有。我只是有时候做了顺水人情，有时候睁一眼闭一眼，有时候随便一抬手一放手——顶多只能说是没有摸着良心做好人。

但见了很多事情以后，我好像明白了些什么。

——可能就是那么一随便，就有人倒霉了。而倒霉的那个人，可能就是整个社会第一张倒下的多米诺骨牌，他倒了，就全倒了。如果这个社会人人都倒霉，肯定也跑不了我。

我的每一次"没做好人"，都像迎风吐痰，都是给世界设下的一个圈套，这个圈套也许大也许小，但最终很可能重新套回到我身上。因为社会本身就是一个整体，这里面生存的每一个人，都肩并肩手挽手地联络在一起，不分职业身份，无论贫富贵贱，大家共同织起一张网，也共同做这网里的鱼。

所以现在我知道，如果自己不想倒霉，那就尽量不要让别人倒霉，如果我希望身边都是好人，那自己首先要做个好人。

因为做好人其实也是一个圈套，套来套去，总会把好运套到自己头上。

相信世上有好人，但一定要防范坏人；相信自己很坚强，但不要拒绝眼泪；相信金钱能带来幸福，但不要倾其一生；相信真诚，但不要指责虚伪；相信成功，但不要逃避失败；不埋怨谁，不嘲笑谁，也不羡慕谁，阳光下灿烂，风雨中奔跑，做自己的梦，走自己的路。

每一个在你的生命里出现的人，都有原因。喜欢你的人给了你温暖和勇气。你喜欢的人让你学会了爱和自持。你不喜欢的人教会你宽容与尊重。不喜欢你的人，让你自省与成长。没有人是无缘无故出现在你的生命里的，每一个人的出现都有原因，都值得感激。

你若宽容温柔，自有命运打赏

11月北京就下了一场大雪，银杏还黄着，树叶还绿着，柿子还挂在枝头温暖我们的眼睛，月季花穿上雪花织成的白色披风，陡然换了一副惊艳的模样。周末午后女友约了下午茶，我迎着大片雪花坐进车里的时候，等候在楼下的专车司机正在跟别人通话，听口气是很不愉快的事让他口气生硬而愤怒。我坐在后座上等他挂断了电话后，让他先开下后车窗，然后兴奋地举起手机拍铺满积雪的街道。

再回过头让师傅关窗的时候发现他正回头看着我，我笑了笑："大清早微信朋友圈刷屏各种雪景，我要再不发点就像不在北京似的。"然后，我看到他也笑了，启动汽车缓缓驶向我的目的地。路上他跟我聊起雪中的帝都和故宫，语调已经变得平缓、愉悦起来，和刚才判若两人。下了雪的北京就变成了北平，下了雪的故宫就变成了紫禁城，就算心情坏到了极点，美丽的景致和快乐的人，也可以传递开来，让每颗心都能够缓解生活的重压，心存了宽容与暖意。

某日和朋友一起去看电影时路过奶茶店，服务生在我说需要"去冰和半糖"的时候，被旁边的同事的话吸引，两个人聊得甚欢忘记了拿着钱要付款的我们。不知道是说了什么，反正那位收银的姑娘笑得很开心，终于等到她再次把注意力回到我们身上时，我才又说了一遍奶茶的要求。拿着奶茶离开后朋友说："我和你在一起脾气也会变得好起来，刚才那个心不在焉的服务生，换作之前我一定会发火，而你只是平心静气又说了一遍。"我说："第一，我们心情好想喝一杯奶茶，没有人可以破坏。第二，服务生笑得那么开心，我们不赶时间身后又没有等候的顾客，就给她时间快乐片刻就是。"

常有人问："为什么你的眼中都是些美好的东西？"是的，即便我也走进了人生一些最艰难的时刻，挺到挺不住也要挺的时候，希望也是我眼中最后的美好，而宽容则是我走出暗夜的力量。亲近的人我们必须宽容，陌生的人根本无须计较，有时候宽容是深情，有时候宽容是体谅，有时候宽容是释怀，有时候宽容是不屑。我们身边充斥着各种不快乐的人，满心抱怨满身负能量，不是不能活而是怎么都活不好，你要问其原因，保证全是别人的事，唯独自己特无辜，整个世界都欠了自己。负能量最"毁人不倦"的地方在于，永远不知道反思自己，你之所以不快乐，是因为你活得不宽容，你温柔不起来的原因在于，你根本没有拥有过真爱。

富兰克林说过："如果美德可以选择，请先把宽容挑选出来吧。"只是在当今这个物欲横流的社会里，美德正被越来越多的人忽略和放弃，而宽容即使被挑选出来了，也有很多人不懂或根本不会用。于是，金钱、名利到处招摇，笑贫不笑娼。自私、麻木随手捡来，恨倒比爱过瘾。对于我们不了解的一些事情，我们没有权利去干涉与指责，要学会尊重，尊重和我们不同的人，体谅别人的苦衷。而尊重是宽容的性格，在陌生人面前，宽容是一种高贵的品格。宽容绝对不是一味忍辱负重，而是生活的智慧面对残酷现实的悲悯，鼓舞了别人也激励着自己，我宽容，是因为我感恩。

我偶尔也会心情郁闷，不一定都是那种伤了心的忧烦，有时候只是因为生活的琐碎和人群里的孤单。世间嘈杂喧嚣，每个人都匆匆行色，笑脸好像也变成了一个模样，愤怒已藏进了心的角落，要么一发不可收拾，要么让心麻木到冷漠薄凉。也总有一些清醒的灵魂，在坚持着自己的方向，那忧伤里原本也有阳光，所以最终你们都会被慢慢地暖过。人生无常我们的情感才应该更加温暖，得到也好，失去也罢，来了走了，苦了痛了，温柔都是最后坚守的体面，除了微笑还是微笑，我温柔，是因为我爱着。

人海茫茫，每个人都有寂寞与辛苦，欢乐与笑颜，各有各的不幸，又各有各的幸福。生活就是一个个琐碎的日子穿成的项链，挂在橱窗里夺目动人，拿在手上艳光四射，戴在颈上平添风情，怎么都是美，只有懂得欣赏的人，珍惜拥有的人，善于改变的人，才会得到命运的青睐。不要没有试过就说你做不到，人之初性本善，不是生活改变了你，而是你自甘堕落。女性魅力的丧失是因为自身的无趣，以及思想上的懒惰，爱别人嫌麻烦只想不劳而获，爱自己就矫情自负只要别人包容。你甚至从没有宽容之心，活成不快乐的脸麻木又丑陋，根本不懂温柔的背后都是拼尽全力的忍耐和努力，所以才能拥有感染他人让世界明媚的力量。

哪怕我们身边的世界再复杂再艰难，也要好好保护你内心的宽容与温柔，愿你能遇见未知的那个美好的自己，在此之前你先要对别人宽容，愿你被世界温柔相待，在此之前你要温柔相待这个世界。

那么多当时你觉得快要要了你的命的事情，那么多你觉得快要撑不过去的境地，都会慢慢地好起来。就算再慢，只要你愿意等，它也愿意成为过去。而那些你暂时不能战胜的，不能克服的，不能容忍的，不能宽容的，就告诉自己，凡是不能杀死你的，最终都会让你更强。

幸福就是千里奔袭后，远远地看见家中那一团温馨的灯火；就是千里归家看到爸妈的第一个瞬间；就是午后，躺在阳台的睡椅上晒着太阳，看着妈妈微笑地忙活年夜饭；幸福就是外面刮着北风，可以和爸妈在一起吃着热气腾腾香气四溢的饭菜；幸福是看到爸妈挂在脸上的笑容；就是一家人围在一起，或喧闹，或平淡。

有你在，家才在

父亲去世3年后，你来到了我家。50岁的母亲需要一个老伴儿。见面时，你深知自己各方面都没有优势——房子小、工资少，而且刚刚结婚的儿子一家还需要帮衬，你诚恳地留母亲在家吃口便饭。你没让她伸一下手，就做了四菜一汤，尤其是那道南瓜煲肉丁，让母亲吃得不忍释筷。临走时，你对我母亲说："以后要是想吃了，就来。我家虽不宽裕，但招待个南瓜还是有的。"

母亲选择你，理由其实算得上自私——她服从并照顾了父亲大半辈子，她想做一回被照顾的对象。

就这样，你和我母亲住在了一起。

你把我母亲照顾得很好，她每次见我都嚷嚷要减肥，那语气是幸福的。

你做的饭的确好吃，我在吃了几次之后，对妻子所做的饭颇有几分不满，你悄悄把我拉到一边说："再别夸我做的饭好吃了，说真的，谁一说我这个优点我就脸红。一个大男人，把饭做得好，其他方面草包一个，这哪算优点啊。"

我搬新家的那天，你和母亲来给我们燎锅底。你严格地按照民间燎锅底的习俗，有条不紊地忙碌着。可是，等到吃饭时，却到处都找不到你。打你的手机，也是关机状态。像是掐算好了时间，等宾客散去，你回来了，仔细地收拾着那些狼藉杯盘，将剩菜剩饭装在你事先准备好的饭盒里，留着回家吃。

母亲不希望你这么做，觉得委屈了你，你小声对她嘀咕："晚上我给你新做，这些我吃。树赞（我的名字）的钱都是辛苦换来的，咱帮不了孩子，那就尽量帮他省点儿。"

渐渐地，对你的好感越来越浓。有时候，甚至有一些依赖——默默换掉家里的坏水龙头；每天接送孩子上幼儿园；母亲住院时，不眠不休地照顾她，直到出院后才告诉我们。

只是没有想到有一天，你也会病倒，而且病得那样严重。你在送我儿子去幼儿园的路上轰然倒下——脑血栓，半身不遂而卧床。

原先只会微笑的你，变得无比脆弱，总是流眼泪。我母亲照顾你，你哭；你儿子给你削水果，你哭；我们推着轮椅带你去郊游，你哭；多次住院，看着钱如流水般被花掉，你哭。

终于有一天，你用剃须刀片朝着自己的手腕狠狠地切了下去。抢救了5个小时，你才从死亡线上挣扎着回来，很疲惫，也很绝望。

没想到的是，先是你的儿子。他开始很少来看你，直至后来连面都不肯露一下。母亲在这个时候跟我提出要和你分手，"我老了，照顾不动他了。妈帮不上你什么忙，但也不能捡个残爹回来，做你的拖累。"这就是冰冷的现实。我狠狠心，对躺在医院里的你说："屠叔，我妈病了。"你的眼泪又是夺眶而出，曾几何时，你的眼睛就是一个开关自如的水龙头。我尽量做到不为之所动。

"屠叔，我们都得上班，我妈身体又不好。你看能不能这样，出院后，你就回你自己的家，我帮你请个保姆。当然，钱由我来出，我也会经常去看你。"话说到这里时，你不再哭了。你频繁地点头，含混地说："这样最好，这样最好。不用请保姆，不用……"

走出病房，我流下眼泪。我去了家政公司，为你请了一个保姆，预交了一年的费用。然后，去了你家，请了工人把你的家重新装修了一下。我在努力地做到仁至义尽。不为你，只为安抚内心的不安。

你不在的那个春节，过得有些寂寥。再也没有一个人甘愿扎在厨房里，变着花样地给我们做吃的。我们坐在五星级酒店里吃年夜饭，却再也吃不出浓浓的年味。回家路上，儿子说："我想吃爷爷做的松鼠鲤鱼。"妻子用眼睛示意儿子不要再说话，可是，儿子反而闹得更凶："你们为什么不让爷爷回家过年？你们都是混蛋。"

儿子的一句话，让我们曾经自以为的所有心安都土崩瓦解了。我从后视镜里，看到母亲的眼睛也红红的。

可想而知，那是一个多么不愉快的大年三十。我无比怀念去年你还在我们家的那个年——一个家的幸福温馨，总是建立在有一个人默默无闻地付出，甘当配角的基础上。今年，配角不在了，我才知道，戏很难看，极为无聊。

新春的钟声敲响后，我还是驱车去了你那里。你步履蹒跚地给我开了门，冷锅冷灶的家，保姆回家过年了，给你的床头预备了足够吃到正月十五的点心，我的眼泪再也没有止住。

我开始给你包饺子。热气腾腾的饺子终于让这个家有了一丝暖意。你一口一个地吃着饺子，眼泪噼里啪啦地往下掉。我打开那瓶之前送给你的五粮液，给你和我各倒了一杯。

初一的凌晨，我摇摇晃晃地离开你的家，走在冷清的大街上，满目凄凉。手机响，是妻子打来的："你在哪儿？"我再次发了火："我在一个孤寡老人的家里。我们都是什么人啊？他能走能动时，咱利用人家；他现在动不了，咱把他送回去了。咱良心都让狗吃了，还人模狗样地仁义道德，我呸！"

骂够了，骂累了，我毫不犹豫地跑了回去，背起你就往外走。你挣扎，问我："你这是干吗？"我以不容置疑的口吻对你说："回家。"

你回来了。最直接表达高兴的，是我的儿子。他对你又搂又亲，吵闹着要吃松鼠鲤鱼，要吃炸麻花，要做面人小卡。

妻子把我拉到小屋，问我："你疯了？他儿子都不管他，你把他接回来干吗？"我心平气和地说："如果你爱我，如果你在乎我，就把他当家人。因为在我心里，他就是家人，就是亲人。放弃他，很容易，但是我过不了自己心里的坎儿。我想活得心安一点儿，就这么简单。"

同样的话，说给母亲听时，她泪如雨下，紧紧地握着我的手说："儿子，妈没想到你这么有情有义。"我说："妈，放心吧。话说得难听一点儿，就算有一天，你走在屠叔的前面，我也会为他养老送终。再说白一点儿，以我现在的收入，养个屠叔还费劲吗？多个亲人，有什么不好呢？"

不一会儿，我的儿子进来了，进来就求我："爸爸，别再把爷爷送走了。以后，我照顾他，以后你老了，我也照顾你。"我把儿子搂在怀里，心里一阵阵惊悸，还好，还好没有明白得太晚，还好没在孩子心目中留下一个不孝之子的印象。

母亲和你正式登记结了婚。这之后，每个周末，不管有多大的事情，我们一家三口都会风雨无阻地回家——你和我母亲的家。等待我们的永远是一桌很家常、很可口的饭菜。你居然能做饭了，虽然是在轮椅上，这在别人看来实在是个奇迹，但是，我们却对此习以为常，觉得你就应该是这个样子的—生命不息，为儿女操劳不止。你乐在其中，我们，也安于享受。

渐渐地，你又像原来一样，开始做这个家庭的配角，把自己放在努力不被关注的位置上。你觉得那里安全，那是最适合你的位置。我也不再同你客气，有时甚至会命令你做一些家务，比如在你有些慵懒的时候。我知道，我必须用这种方式尽量延缓你的衰老，延迟你完全失去行动能力的速度。

因为，有你在，家才在。

陪伴，是两情相悦的一种习惯；懂得，是两心互通的一种眷恋。相聚的时光总太短，走得最快的不是时间，而是两个人在一起时的快乐。人，总要有一个家遮风避雨；心，总要有一个港湾休憩靠岸。因为懂得，所以包容；因为懂得，所以心同。最长久的情，是平淡中的不离不弃；最贴心的暖，是风雨中的相依相伴。